经典单人剧鉴赏

李钦君 ◎ 著

中国戏剧出版社
CHINA THEATRE PRESS

图书在版编目（CIP）数据

经典单人剧鉴赏 / 李钦君著. — 北京：中国戏剧出版社，2020.9
ISBN 978-7-104-04996-8

Ⅰ. ①经… Ⅱ. ①李… Ⅲ. ①话剧剧本－作品集－世界－现代 Ⅳ. ①I13

中国版本图书馆CIP数据核字（2020）第158669号

经典单人剧鉴赏

责任编辑：张　霞
责任印制：冯志强

出版发行：	中国戏剧出版社
出 版 人：	樊国宾
社　　址：	北京市西城区天宁寺前街2号国家音乐产业基地L座
邮　　编：	100055
网　　址：	www.theatrebook.cn
电　　话：	010-63385980（总编室）
传　　真：	010-63383910（发行部）

读者服务：010-63381560
邮购地址：北京市西城区天宁寺前街2号国家音乐产业基地L座

印　　刷：	天津光之彩印刷有限公司
开　　本：	787mm×1092mm　1/16
印　　张：	12.5
字　　数：	160千
版　　次：	2020年9月　北京第1版第1次印刷
书　　号：	978-7-104-04996-8
定　　价：	78.00元

版权专有，违者必究；如有质量问题，请与出版社联系调换。

自　序

单人剧被誉为表演艺术皇冠上的一颗明珠，布朗大学雷贝卡·施奈德（Rebecca Schneider）副教授认为：

"20世纪是一个欢迎独角表演并为之疯狂的年代，随着时间的推移，独角表演的魅力就越来越大"。①

在当今的戏剧舞台上，单人剧越来越显示出自己的独特魅力，它已经成为一种非常重要的、无法被取代的戏剧表现形式。从20世纪熔摹拟、姿态和表情于一炉的单人剧表演大师露丝·德雷珀（Ruth Draper），到被誉为"人民游吟诗人"的达里奥·福（Dario Fo），再到21世纪获得托尼表演奖的克里斯托弗·普卢默（Christopher Plummer），一代代单人剧演员在其艺术创作中展示了精湛的演技，给戏剧舞台注入了新鲜的血液、为观众带来了独特的观剧体验。同时斩获2004年度"普利策奖"、2007年度"托尼奖"最佳戏剧奖、最佳男主角奖以及"戏剧之桌""奥比"等戏剧大奖的作品——《我的妻子就是我》（I Am My Own Wife）就是首部以单人表演的形式获奖的戏剧，这足以显示出当今单人剧创作的重大成就以及在戏剧创作中的重要地位。

在中国，近年来单人剧也得到了进一步发展。上海话剧艺术中心、北京人民艺术剧院、国家话剧院等专业剧团奉献了众多优秀的单人剧，除了演

---

① ［英］盖文·巴特：《批评之后——对艺术和表演的新回应》，凤凰出版社传媒集团、江苏美术出版社2009年版，第28页。

绎国外知名的单人剧目之外，还有许多精彩的原创作品。如：《索拉拉》《阴道独白》《母亲》《女人的最后一天》《中国病人》《百年孤独》《木又寸》《花心小丑》《乡村往事》《每一件美妙的小事》等。同时，上海戏剧学院、中央戏剧学院等艺术类专业院校，也进行了单人剧的教学尝试，并且把单人剧作为研究生毕业的演出剧目，如：《最后的瞬间》《只有一个女人》《命运之轮》《娘惹艾美丽》《低音提琴》《红色的天》等。与此同时，孟京辉剧团出品的女性单人剧三部曲《一个陌生女人的来信》《你好，忧愁》和《九又二分之一爱情》也取得了不俗的市场影响力，《一个陌生女人的来信》至今演出已经累计近千场，这些多元化、先锋化的单人剧创作，让这一独特的艺术形式收获了更多观众的认可。

单人剧通过一个演员的语言、动作或即兴表演，将故事情节、人物关系、矛盾冲突展现给观众，这是一种别具一格的戏剧形式。对于传统的话剧形式以及表演观念、表现手段而言，这都是一种旗帜鲜明的挑战和突破。单人剧需要演员在舞台上表现一切——时间、地点、人物、人物关系、事件、矛盾冲突……无对象交流、"说""表"结合、跳进跳出、一人演多人等表演形式全部集中在一位演员身上，只依靠一个演员在支撑着舞台的全部，台词、表演的数量和质量以及承载性非常大，不亚于一出大戏的量，而其表演的难度，则远超一般的戏剧表演。在今天的戏剧舞台上，单人剧越来越显示出自己的独特风采，已经成为一种非常重要的戏剧表现形式。

在单人剧发展的百年间，涌现了为数众多的经典剧本。这些杰出的剧本成就了一位位璀璨夺目的戏剧表演艺术家和一场场精妙绝伦的演出，在单人剧的演出历史上塑造了一个个经典的人物形象、构筑了寓意深远的故事内涵。然而，在当下的戏剧研究领域，单人剧剧本的价值和内涵研究有很大的提升空间，很多剧作的保存和鉴赏工作亟须开展，单人剧大师杰作的"经典化"也正当其时。

也正因此,《经典单人剧鉴赏》一书经过多番比较,精选了十二部堪称"一时之选"的国内外经典单人剧文本。分别从剧情梗概、作者介绍、戏剧结构、人物形象的塑造、剧本的语言特点、表演风格、主旨揭示以及剧目演出情况入手,对这些经典单人剧作品进行深入的鉴赏和分析,希望能够对单人剧表演者们有所助益,帮助他们深刻理解这些经典剧本的主旨内涵和表现手法,从而能够更加自然顺畅地加以表演和呈现,塑造出一个个鲜活的、闪烁着"角色的精神"光芒的经典角色。与此同时,本书也希望对今后的单人剧鉴赏和剧本分析起到一定的示范作用,帮助研究者找到进入剧本的切入点和路径,也使广大观众和读者能够更好地理解单人剧、喜爱单人剧。

此外我想,这本小书最好能够恰如其分地发挥一些教材的作用。在现如今的艺术院校教学体系中,一些经典的单人剧剧目已经被吸纳到表演教学范畴之中,在传统的表演教学基础上进行了积极创新。这本《经典单人剧鉴赏》的出现,应当能够更加丰富单人剧的教学内容,成为表演专业的同学们走进剧作深处和编剧、观众密切互动的一个帮手,通过对古今中外单人剧名家名作的整理、分析和鉴赏,让表演专业的同学们能够充分同其声、感其情,真正深入角色的内心世界进去,感受这些作品经久不衰的艺术魅力和思想内涵,对于艺术专业的表演教学来说,这应当是一次有意义的尝试和补充。

这些年笔者一直对单人剧的研究和教学情有独钟,大部分内容都是十几年台词和表演教学过程中的思考和积累,但是限于本人的能力和认知有限,希望读者包容我的不足,恳请前辈和同行不吝赐教!

2020 年 2 月

目 录
Contents

对酒当歌，人生几何：《勾魂唢呐》 …………………………………… 001
    《勾魂唢呐》精彩片段 …………………………………………………… 010

北京市井平民的双重悲剧：《我这一辈子》 ………………………… 017
    《我这一辈子》精彩片段 ………………………………………………… 023

烽火时代的守望女性群像映射：《乡村往事》 ……………………… 030
    《乡村往事》精彩片段 …………………………………………………… 035

渺小的生活与伟大的梦想：《花心小丑》 …………………………… 044
    《花心小丑》精彩片段 …………………………………………………… 053

触摸生命的脉动：《木又寸》 ………………………………………… 061
    《木又寸》精彩片段 ……………………………………………………… 069

错乱时期的诗篇：《一个女人或疯掉的历史》 ……………………… 078
    《一个女人或疯掉的历史》精彩片段 …………………………………… 085

嬉笑、怒骂与呼喊：达里奥·福（Dario Fo）《滑稽神秘剧》 …… 097
    《滑稽神秘剧》精彩片段 ………………………………………………… 107

荒芜之中，更生虚妄：《克拉普的最后一盘录音带》 ……………… 116
    《克拉普的最后一盘录音带》精彩片段 ………………………………… 124

在女性走向自由的路上:《只有一个女人》 …………………………… 131
　　《只有一个女人》精彩片段 ………………………………………… 137

女性命运的一曲悲歌:《最后的瞬间》 ……………………………… 140
　　《最后的瞬间》精彩片段 …………………………………………… 146

对希腊战后历史与社会的反思:《红色的天》 ……………………… 154
　　《红色的天》精彩片段 ……………………………………………… 161

现代社会边缘人的抗争与絮语:《低音提琴》 ……………………… 171
　　《低音提琴》精彩片段 ……………………………………………… 178

参考文献 …………………………………………………………………… 185

对酒当歌，人生几何：《勾魂唢呐》

一、剧情简介——老人与"鬼"的酒后絮语

一豆灯、一盏酒、一盘油炸黄花鱼，一位90岁的关东农村老太太，在雷电交加的夜晚，于醉意微醺之中，与舞台上一群不可见的"鬼"，一起回忆着、咀嚼着自己的人生片段。从她出嫁时的期待与快乐，为人妻的艰难心酸，到"偷情"后的愧疚自责，饥荒年代接济侄子的悲悯爱怜；从光复、抗日，到三年自然灾害，再到当下的改革开放……老太太于残灯冷酒中的回忆，连缀起了一段绵密悠长又平凡实在的生命体验，而这些片段的连缀，是一支始终回旋在背景中、苍凉凄清的唢呐曲。在唢呐声中，老妇回味着自己一生经历的酸甜苦辣，陶醉于自己始终不弯不折、无虚无假的人生态度，也踏上了人生的极乐终点……一个普通人的生活历程，却折射出近一个世纪中国社会波澜壮阔史诗般的进程，也浓缩了一个国家几千年传承的朴素道义与民族精神。

二、鉴赏视角

（一）孙建业——关东烽火的叙事者

孙建业，"闯关东"的山东人的后代，祖籍山东省栖霞市，大连市文化局国家一级编剧。从事影视和戏剧艺术工作三十余年，参与创作的主要作品

有电视剧《辘轳·女人·井》《小楼风景》《咱那些日子》《闯关东》，电影《大海风》《横空出世》等。从1995年第三届辽宁文化艺术节开始，至2004年第六届辽宁文化艺术节，他连续四届获优秀编剧一等奖，并于2005年获得"全国文化系统先进工作者"称号。

电视连续剧《辘轳·女人·井》曾在全国引起强烈反响，是新时期以来我国农村题材电视连续剧的代表作之一。话剧《勾魂唢呐》由大连话剧团演出，引起轰动，获中国戏剧家协会颁发的"曹禺文学奖"提名奖。长篇电视连续剧《咱那些日子》和电影《大海风》获全国"五个一工程"奖。电视连续剧《闯关东》获第27届中国电视剧飞天奖优秀编剧奖、第24届中国电视金鹰奖最佳编剧奖、第3届首尔国际电视节最佳编剧奖。

孙建业始终认为，民族精神是戏剧影视中不可忽视的一部分。他的作品始终可见其擅长的在平淡人生中贯穿人性关怀的思路，亲情、爱情与故土情的纠结深入人心，对国事、家事、家乡事的担当感人至深。

（二）别出心裁的"鬼魅"叙事

孙建业的这部戏没有连贯的故事情节，他通过角色的内在心理冲突完成思想转换，从而推动剧情发展。由于这90年的心路历程，舞台上的老人对生命不断深入地体验与感悟，那些"不着边际的酒醉呓语"恰是暗情激涌的戏剧动作。而舞台上主人公情感展现的外化，则是一位不出现的"老鬼"和一支苍劲悠扬的唢呐曲。

老太太离世多年的丈夫，在剧中被称为"老鬼"。在舞台上直接呈现鬼魅叙事，可谓打破了中国现当代话剧的传统叙事方式。孙建业在这部单人剧中，给了"鬼"充分的现场存在感，"鬼的视角不仅是一种奇特的叙述眼光，而且是一种存在，意味着鬼作为叙述者有能力拥有自己独特的属性和个人历史。在美学层面上,能给读者带来一种陌生化的审美享受。"[①]从开场"老鬼"来临时冷凝神秘的氛围,到二人"共同"回忆往事的亲昵,"鬼"的神秘感与恐怖感,在情绪绵密波折的演进过程中被渐渐消解,化入叙述演进的肌理,成为舞台上主人翁的对话者。老太太叙述的人生片段始终有老鬼参与,甚至在某些场景二者直接进行互动交流,可以说"鬼"自出现开始,便始终以先验视角引导着醉酒老太情感的一波三折,从而引出了不同故事片段,令散漫的点状回忆呈现收束感。

剧作题为"勾魂唢呐",突出了唢呐作为情节发展契机的重要作用。但在剧情推动中,唢呐的出场次数并不算多。它一开始仿佛只是映射主角情绪节奏变化的背景音乐,直到所有人生片段的回忆终了,一身锈迹的唢呐以强烈的象征身份直接出现在了舞台上,将剧情推进至高潮:唢呐的神秘出现,让所有回忆涌上心头,在亦真亦幻的舞台时空中,老太太挥舞着红盖头,走向了灿烂的人生终点。

(三)多个舞台时空的完美交融

1990年代的中国话剧界面临着严重的生存危机,观众的大量流失让戏剧工作者认识到,必须要进行内容与形式上的双重改革。彼时话剧在形式上的实验创新层出不穷,在为观众带来陌生化审美效果的同时,也实现了自我的突破与发展。《勾魂唢呐》这台一个人上演的大戏,就是在这样山雨欲来的形势下诞生的。作者从"醉"与"鬼"两个超现实状态的意境出发,借鉴戏曲的写意手法,以抽象的布景与舞台环境,通过演员的肢体语言表演与象

---

① 薛慧娜:《论八九十年代文学中的"鬼话"叙事》,安徽师范大学硕士学位论文,2010年。

征性的道具，打破了中国当代话剧在现实主义题材上"以情节为线索，以时间为锁链，以矛盾为动力"[①]的叙事牢笼。

写意手法在《勾魂唢呐》所呈现的最突出的特色，就是时空交错的灵活性与跳跃性。作者采用意识流的叙述手法，以破碎无序的回忆片段打破了线性的平铺直叙，将舞台现实时空与主人公的心理时空缝缀、拼贴在一起，通过老太太酒醉时回忆起的人物，以虚拟对话的形式，对观众时断时续地说出自己的人生故事。

整部单人剧可以分为三个时空——现实时空、过去时空和心理时空。老太太在风雨交加的夜里自斟自饮，开轩迎"鬼"，这是舞台上呈现的现实时空；而作者巧妙地带入了"酒"，以酒醉的恍惚迷离、心驰神往，带领读者进入了老太太与老鬼共同回溯往事时亦真亦幻的心理时空；作者在正常叙事之中又演现了出嫁、"偷情"，抗战、饥荒等多个跳跃性的过去时空。老太太酒醉后产生的听觉与视觉幻觉，使她与舞台上并未出现的人物进行着逼真自然的情感脉络展现；舞台一开始便渲染的鬼魅叙事气氛，也令剧情蒙上了一层脱离现实的神秘色彩。这三种时空在舞台呈现上并没有现实与虚幻的间隔感，彼此糅为一体，相互交叉重叠，营造出现怪诞而奇妙的戏剧情境。

《勾魂唢呐》以时空交融吻合的紧密拼贴，冲波回折地勾勒出了主人公一生经历的悲愁喜乐，而这样的心理体验通过老人历经钩沉后的二度叙述，更富意蕴深长的人生况味。

---

① 杨砚耕：《只有一个角色的大戏——观〈勾魂唢呐〉》，《中国戏剧》1995年第11期。

（四）乡村妇女的反叛者精神

1990年代的中国话剧，呈现出了与上一个十年截然不同的人文风貌：一改对宏伟高深的理想追求的普遍取向，实现了从社会政治层面到个人物质精神层面的整体转移。戏剧家们的创作重点，也从对公共知识分子的理想主义叙述转向了对平凡个体生存图景的描绘。以往的优秀剧目关注的是典型环境中典型人物的"人"，而这种"人"之下还有千千万万的个人生活空间等待开掘。——《勾魂唢呐》的着眼点，就是这样一位普普通通的乡村老妇。作者以这位农村老妇人生中的几处亮点，展现了中国女性的波折命运，折射了社会演进的壮阔洪流。

《勾魂唢呐》的扮演者刘美华曾这样阐释这位老太太："她明明白白地活了一辈子，活得顶天立地，敢想敢做，有与众不同的强烈的'反叛'性格。"[①] 孙建业笔下的农村九旬老妇，与中国传统农村女性"逆来顺受""三从四德"的性格全然不同。剧本中一句话，以地道利落的口语，传递出了主人公一生奉行的精神信条："一辈子发洋贱，谁跟前也不会顺毛摩挲。"[②]

她始终以民间朴素的道德伦理守护着生活的道义原则，从来不在乎封建婚姻的陈规陋习，他人遇难时施以援手，面对指责时勇敢反抗，大声笑骂，敢做敢当，她的一举一动都与迂腐或异化的社会秩序进行尖锐的抵触与冲撞，带着浪漫主义英雄式的反叛色彩。

此外，舞台上曾出现了多个带有强烈象征意味的道具。如红盖头、英雄带、血衣，这些道具是主角"触景生情"的节点，连缀着人物的生平脉络，

---

① 刘美华：《眼睛、语言、心灵的窗户、思想的通途——〈勾魂唢呐〉表演体会》，《中国戏剧》1997年第5期。

② 孙建业：《勾魂唢呐》，《戏剧》1995年第12期。

对于主角的性格表达也具有衬托意味。它们都是红色,在幽暗的背景中显得尤为夺目,与老妇的自言自语形成互文性映照,凸显了人物自年轻时便具有的独立和反叛精神。

作者书写了一位九旬老妇平淡却不平庸的一生。她的反叛精神大放异彩,同时也具备对弱者的悲悯、对爱情的渴望、对亲人的关切,人物形象丰富而立体。

(五) 鲜活亲切的方言式台词语汇

《勾魂唢呐》是一部方言话剧。地域的方言,最能有力彰显一方水土与人文的独特性,是"承载着这一方言区人群的情感内容的情感形式"[①]。

孙建业别具匠心,用大连方言来刻画关东农村妇女,既让语言增添了独特性和灵动感,更增强了戏剧的情感穿透力。话剧参演者刘美华直言对方言的喜爱:"说话仿佛像是唱一样,却又比唱更实在、更直接、更有力量!"[②] 从语言特点上看,台词亲切朴实,在市井平白中掺杂着说书人式的诙谐,如"你说咱来我就咱,大年初一立了秋,五黄六月下大雪,十冬腊月热死牛"[③] 等颇增戏剧谐趣的台词,令语韵铿锵有力,也让舞台上的老太太倍增鲜活感。

北方方言的语词大都是通约的,不存在观众难以理解的问题,但语调的抑扬顿挫、轻重缓急,都联系着关东子民的脾气性格;大连方言里独特的语音调值、独有的词汇,都让观众感受到了扑面而来的"海蛎子"味。文中并

---

① 吴戈:《华文戏剧节与民族戏剧生命力》,《云南艺术学院学报》2004 年第 4 期。
② 同上。
③ 孙建业:《勾魂唢呐》,《戏剧》1995 年第 12 期。

未交代故事发生的地点，但仅凭一口地道的大连方言，便铺设出了关东乡村的独特图景，台词语汇成为剧本的有机组成部分，彰显了颇具魅力的地方色彩和风韵。

舞台上的老妇，追溯了自己从20岁出嫁开始近七十年的人生旅程。从少女到老妪，需要跨度极大的身份转变，也需要向观众呈现出多层次、多角度的情感变化，在台词语言风格的转变方面都需要精雕细琢。从少女时代面临出嫁时惶恐的哽咽、对惴惴不安的依赖，到为人妇时直言"要活一块活，要死咱死一双"[1]"不夺，对不起天地良心"[2]的道义担当，再到风烛残年时"人老遭欺，马老挨骑"[3]"咬不动钢，嚼不动铁"[4]，欲说还休的岁月深重感，不同时代语境下的各具特色、细腻生动的台词风格准确拿捏住了层层递进的绵密情感，令情绪节奏清晰分明，人物的内心世界得以充分外化，在表演上达到一波三折、丝丝入扣的效果，令主人公成为关东乡村敢作敢为、不屈不挠英雄人格的浪漫化身。

（六）民族精神的价值追寻

20世纪80年代以来，中国"寻根"文学大热，直至20世纪90年代余韵未散，一部分话剧创作者也希望通过对农村乡风民俗的描写，挖掘植根、生长于民间的传统文化，力图重新发现和确立民族文化特有的价值。《勾魂唢呐》想要呈现出的，就是民族精神的价值追寻。

孙建业无意于书写波澜壮阔的家族史传，或英雄人物的千秋伟业，他的

---

[1] 孙建业：《勾魂唢呐》，《戏剧》1995年第12期。
[2] 同上。
[3] 同上。
[4] 同上。

落笔点极小，只是一位风烛残年的微醺村妇。但这样一位平头百姓的琐碎生活，却是作者笔下关东烽火道义精神的缩影。在剧中，孙建业首先利用布景，创造了朴拙可爱的关东民居的景象：家具方正稳重，摆设四平八稳，微醺的老人正手持形态憨猛可惧的辟邪剪纸，自斟自饮听窗外雨声。剧中充斥了关东地区的方言俚语、市井小调、民间信仰，向我们展示出别具一格的民族化地域特色，民间的烟火气自然生发而出，令人心生亲切与喜爱。

剧中这位酒醉老妇，经历固然平凡，最终也无法抵挡时间的洪流，走向了生命的终点，但作者以四两拨千斤之力，书写了20世纪人民生存挣扎的群像缩影。反抗封建礼教与三从四德，到反抗侵略者压迫，再到反抗扭曲崩坏的社会秩序，她的人生亮点，也正串联起了一个民族觉醒与反抗的历史，折射了一个国家历经近百年变迁的沧桑巨变；老妇穷其一生面对再多磨难，也始终热爱生活，坚持心头的公正道义，扶弱济贫、不卑不亢，她的性格亮点，也是民族精神的价值亮点。于平凡处见奇崛，于人间烟火处抒写道义担当，孙建业的落笔处虽"小"，却表达出人的尊严与气节，彰显了民族精神的力量。

此外，一首民谣始终萦绕在舞台上：

"天上的绫罗什么来剪裁，地上的黄河什么人来开？什么人镇守三关口，什么人立马看《春秋》？""天上的绫罗王母娘娘剪裁，地上的黄河老龙王来开。杨六郎镇守三关口，关云长立马看《春秋》。"[①]

这首名为《小放牛》的民谣，广泛流传于北方各省，以昂扬苍劲的旋律唱出民间千年传说的古老神韵。时而吟唱，时而独唱，时而众人云端齐

---

① 孙建业：《勾魂唢呐》，《戏剧》1995年第12期。

唱，这首民谣作为舞台的背景音，令整部剧的意境层次递进拓展开来。当最后云端缥缈的合唱声响起，更是在歌曲营造的古朴浑厚的意境中，令观众体味到了岁月变迁的沧桑深重，民族几千年传承的朴素道义，也在歌声中流传下去。

三、演出情况与评价：在全国奏响民族的唢呐曲

唢呐声起，一鸣惊人。《勾魂唢呐》的出世，惊艳了90年代的中国剧坛，获中国戏剧家协会颁发的"曹禺文学奖"提名奖。首轮演出后便获得辽宁省第三届文化艺术节金奖，当时的全国人大常委会副委员长陈慕华高度评价该剧"新、奇、特"[①]，代表了观众对这部戏的印象。

1995年，刘美华凭借在《勾魂唢呐》中饰演的老妪形象，获得辽宁省艺术节优秀表演奖，并一举夺得中国话剧研究会"金狮奖"、中国剧协"梅花奖"等。1996年，《勾魂唢呐》晋京演出，代表大连话剧团参加我国首届华文戏剧节，赢得了业界人士的一致好评。中国剧协专门举行了"大连话剧团刘美华表演艺术座谈会"，文化部艺术局也召开了专家座谈会，对她注重人物内心世界的刻画，使人物个性更加鲜明突出的演技给予充分肯定。

1996年8月，《勾魂唢呐》应邀二次进京，参加了"一国四方（大陆与香港、澳门、台湾地区）96中国戏剧交流暨学术研讨会"展演活动并引起轰动。在随后举行的座谈会上，专家们给予高度评价。《中国戏剧》《中国演员报》等报刊和《新闻联播》皆对演出作了评论和报道。中央电视台报道了研

---

① 黄莉莉：《灵性诗心一体裁——刘喜廷导演艺术欣赏》，《新世纪剧坛》2018年第2期。

讨情况并播出演出录像。

2011年，宁夏秦腔剧院对《勾魂唢呐》进行的重新改编之作《花儿声声》，将故事发生的地点转移到西北农村，同样刻画了平凡而高尚的农村妇女形象，张扬了华夏民族的人性之美，被称为"一部鲜艳的'花儿'"。

《勾魂唢呐》精彩片段

片段一

老太太   "天怕浮云地怕荒，花怕狂风草怕霜；忠臣还怕君不正，做人最怕没人样。"满脸褶子，自个儿摸一把都拉手得慌，老鬼倒反缠着要见我，你说他发贱不发贱！（说完，慢慢从躺柜上下来，一脚没踩实，仰面倒地。笑了）撒谎没有了，喝了点儿小酒儿，脚底下就蹬云彩了……（向冥冥之中）笑什么？笑个什么你！茄子老了一包种，辣椒老了一堆皮。你呀，不等老也是猫腰把头低，还不及老太太咧！（走到桌边，抿一口酒）你说有没有鬼？我说有。有那么句话："梦见叫狗咬，醒了鬼来到。"那天，下半晌，也是这么个天儿，小凉风溜着，瞅着外头麻麻沙沙的小雨儿，不知怎么我就迷瞪过去了……就觉着后大襟有个什么东西拽巴，掉头一瞅，娘哎，一条大黄狗叼住了我的后大襟往死里拽呢。我就打它："怎么就看老太太这把骨头香啊？你给我滚！"任你打、任你踢，它就是不松口。"人老遭欺，马老挨骑"，还真应这个话啦。回身我就找要硬的家什，可眼瞅是根棍，抓起来成了片烂菜帮子；眼瞅是把刀，抓起来成了只破袜子。日你狗奶奶，不信老太太的头也能骗自个儿。这么想着，我就伸手扭自个儿的头要砸它。没等扭下来,可醒了。看看身后,狗毛也没有,就躺了个笤帚疙瘩。这做了个什么西洋梦!闹死了……正琢磨着,你看观目来了:哗哗啦啦的雨水声里有那么个动静——喇叭杆子的动静。支棱起来耳朵一听,这不是老鬼来了吗?老鬼活的时候,就好鼓巴这个动静——"梦见叫狗咬,醒了鬼来到。"老辈儿的话一点不假,应验了……

片段二

〔老太太感慨万千地望着,思绪回到了出嫁的那天。静穆中,她将首饰一件件插到头上,边插边听着身边娘的叮咛,最后将包首饰、绢花的那块红布盖到头上。

〔娘:"那两洼泪水给娘擦了。"

〔老太太擦眼中的泪水。

〔娘:"娘的话都记下了?"

〔老太太木然地点点头。

〔娘:"孩子,老辈儿有句话:'天怕浮云地怕荒,花怕狂风草怕霜;忠臣还怕君不正,做人最怕没人样。'进了人家,这头一桩,好好伺候公婆,不能给娘丢脸;再一桩,凡事长点儿眼色,多干活少说话;最后一桩,娘最放心不下……做事可不能随自个儿性情,管怎么忍一口气!孩子,记下啦?"

老太太　(点头)记下啦,娘。离了俺的娘,谁还疼俺?自个儿不绵软些,那不净等着挨打受骂吗?

〔娘:"孩子,一份儿刚强一份儿祸殃,没吃死羊肉没看活羊走吗?娘这半辈子,你是都瞅见了,倒霉就倒在这个刚强上了!"

老太太　　……那年正月十六，漫天大雪，爹不让我去听戏。娘说："一年一遭儿的事，做什么败孩子的兴头？"娘领我在大雪地里听了一宿的野台子戏……

〔娘："咱棉衣都叫雪湿透透的。"

老太太　　那晚上，最后一出是什么来？

〔娘："你小人儿都忘了，娘上哪儿记去！"

老太太　　记着，傍天亮，咱刚进院门，爹就推开窗户，直嗓子叫："滚你个老勺子，不用进家，我把你休了！"

〔娘："娘从来不吃下眼食，他休我，我还休他来！真就领孩儿回了姥姥家，永世不登你那个爹的门！"

老太太　　娘，你刚强啊！

〔娘（叹气）："……唉，祸殃啊……"

老太太　　（抽咽）娘，孩儿怕是要像你啦……

〔迎亲的鼓乐远远传来，老太太止住抽咽，紧张地听着。

〔鼓乐越来越近。

〔老太太紧紧地偎着娘。

老太太　　（惴惴地）娘……

〔娘："孩子，记牢实啦——凡事忍一口气……"

老太太　　（感到害怕，哇地哭起来）娘……孩儿不走啦……（扑向身边并不存在的娘，扑空了，摔在地上）

〔老太太焦急地扯下红盖头，四下寻我，仿佛奇怪娘哪儿去了？

〔迎新娘的鼓乐似有似无，渐至消失。

片段三

老太太　一辈子发洋贱，谁跟前也不会顺毛摩挲。前不几天的事，街道带去看灯会。好，那真是好。活了这么大岁数，那光景还是头一回见到。两条老金龙，半空中游着，动不动还吐几大朵礼花。大水池子里这么老大，（伸出手臂比量着）叫什么来——海豚。它又翻跟头又拿大顶，末了，还打着立正朝你喊："到了，到了。"街道主任说，那是句要美国钱的洋话，你要是真给了它美国钱，它能驮你在大水池里跑上三圈。你看看多好的光景叫咱摊上了。按说这是咱的福气，可是临往家来，我又发开了洋贱，问人家办置这么个光景，得花费多少钱？有那个钱，办两个厂子不好还是起俩嘛楼不好？旁边，几个老姐妹也随和这么说。街道主任笑模丝儿地掉过脸："老奶奶，这两年咱市里盖的工厂、楼房还少吗？下半年，咱那片老房子也要拆迁起高楼了！"老姐妹们一听都拍巴掌乐。我老太太不乐，又说，钱多怎么？钱多了，就能用来打羊脑袋？就能办置这么个光景来做冤大头哪？告诉你，我可不是海蛎子、毛蚬子，能顺海水潮上来。等篓儿里那几个钱花摆了啦，可真就要出光景啦！"放心吧，老奶奶。"街道主任嗓门一亮，指点开我了："办灯会，这叫发展旅游事业。旅游事业，也是挣钱的。"少来，旅游不就是游山观水吗？自古至今，老太太没听说哪朝哪代指着游山观水挣下了金山银山。街道主任乐了："老奶奶，时代不同了。这两年，旅游事业挣的钱，在咱全市的收入占上了好大一块呢。"真是？我怎么不知道？一个小媳妇上来："老太太，掉链子了吧？不服老不行啊！"哎呀呀，好，你不老，你清亮,我出个账你算:"一个老母猪十八个奶,走一步甩三甩,走了一百单八步,你说甩了多少甩?"小媳妇眼珠一转悠:"甩了五千八百三十二下呗。""怎么算的,你给我说。"她亮堂堂地笑了:"老太太,电脑时代了,这么个小账,还用费大劲吗?怎么算的,我不告诉你!"说完,她裙子一撩摆就跑了。"闹死了,老太太叫自己闹死了!咬不动钢,嚼不动铁了,在年轻人跟前净剩下闹乐子啦。"

片段四

〔火光渐渐消失,舞台重归寂静。

〔老太太瞅着血衣。

老太太　是光复那年的春半天吧?你带着伙友烧码头上鬼子的仓库,临往回跑中了鬼子的枪弹。傍天亮,我在东海头草棵子里找到你,你浑身的血……

〔老鬼:"崽她娘,我不行了,好日子赶不上了。"

老太太　(哽咽着)胡说你,小鬼子一天不及一天,咱中国人就要见天日啦,你怎么能走(抽泣)。

〔老鬼:"崽她娘,我这是头回见你掉泪。"

老太太　她爹,不是眼泪,是找你跑的。来,咱拿海水洗洗伤口。

〔老鬼:"洗,怕也是白洗。"

老太太　·边洗,我一边哭,人都打成筛子底儿了,还能活?

〔老鬼:"还真活了。秋半天,光复了,咱不是打着锣鼓去迎接苏联红军吗?"

老太太　要不我说你也是个辉煌的人啦……前些年我没少讲这件血衣,和

孩子们讲，和青年人讲，和解放军讲……现在讲不动了，讲也没人稀罕听了……（迷瞪了，头越垂越低，伏到八仙桌上睡了）

片段五

〔酒盅里的火越来越弱，舞台上几近黑暗。

老太太　哟呵，你也跟着打顺风旗，我叫你打！

〔老太太走到桌边，放下酒盅抓起酒壶，含了一大口，"扑"地喷到残弱的酒火上，火光骤然增大。老太太念叨着"我叫你打"，又一口一口朝酒火上喷酒。喷一口，舞台上增一分红光，几口过后，舞台上一片金红色。

〔唢呐声不知什么时候响起。

老太太　都不稀见，就给我拉倒去，老太太自个儿还美不够来！（唱起那支民间小调，边唱边拾起红盖头舞着，动作苍劲而简洁）

"天上的绫罗王母娘娘剪裁，"

〔刚才的几个人（唱）：

"天上的绫罗王母娘娘剪裁，

老太太　（唱）地下的黄河老龙王来开，

〔刚才的个人（唱）：

"地下的黄河老龙王来开。"

老太太　（唱）杨六郎镇守三关口，

〔刚才的几个人（唱）：

"杨六郎镇守三关口，"

老太太　（唱）关云长立马看《春秋》。

〔刚才的几个人（唱）：

　　　　　　"关云长立马看《春秋》。"

老太太　　（停下来，实在累了）几十年没这么耍摆喽！耍摆不动啦……

　　　　　〔唢呐声又起，反复地吹着过门。仿佛是一种高远的召唤，仿佛是一种殷切的催促。

　　　　　〔老太太情不自禁地又舞了起来，而且越舞越活泼轻快……

　　　　　〔突然，唢呐声戛然而止，老太太也僵在那儿。

　　　　　〔仿佛过了好长时间，无数人的合唱轰然而起，节奏沉缓舒展。

老太太　　随着歌声又舞起来，舞姿曼妙缥缈。

　　　　　〔无数人的合唱声：

　　　　　"天上的绫罗什么人剪裁，

　　　　　地下的黄河什么人来开？

　　　　　什么人镇守三关口，

　　　　　什么人立马看《春秋》？"

　　　　　〔舞台上红光如霞，老太太越舞越慢，渐渐向天幕飘去，终于融化在绚丽的霞光之中……

　　　　　　　　　　　　——摘自《戏剧》1995年第12期，编剧：孙建业

北京市井平民的双重悲剧：《我这一辈子》

一、剧情简介：时代埋落这一生

老北京城中有一名青年，名叫福海，自十五岁起做裱糊匠的学徒学习手艺，三年中承受师傅、师娘的打骂，渐渐被磨砺忍耐品性。学成出师后，福海凭借着出色的手艺与灵活的脑筋，与师兄黑子一道接活儿工作，慢慢成为街面上的人。二十岁那年，福海成亲了，妻子俏式利落，比他还小一岁，妻子"不大躲避男人"，而福海却认为这恰恰是其大方所在。二十四岁时，福海成为一双儿女的父亲，生活和满知足。但好景不长，其妻与福海一直亲近信任的师兄私奔，丢下了自己和儿女，而福海也因为此事失了脸面，不再从事裱糊工作，只得改行成为一名巡警，也被叫作"臭脚巡"，整天巡街调解，还被街上的孩子小锁儿等人嘲弄，虽然生活境况大不如前，但福海也算随遇而安。直到有一天"辫子军"攻城，在硝烟混乱中福海看尽了众生相，又因亲眼看见士兵处决偷捡物什的小锁儿而彻底对世道愤懑失望。辛亥革命后，凭借十年的巡警资历，福海成为头等警，四十岁时成为警长，儿子海福也成为一名巡警。新局长上任，福海只因留着胡子便被遣散丢掉工作，因而只能与儿子一道前往天津谋生，在天津，海福因病去世，只留下儿媳和刚出生的孙子无人依靠。而这时已年迈的福海不得不外出谋生，做些低微零碎的工作，晚景十分凄凉。《我这一辈子》讲述的就是福海随着世道颠簸的坎坷一生。

二、鉴赏视角

（一）老舍：写市井宏大的人民艺术家

老舍（1899—1966），原名舒庆春，字舍予，北京满族正红旗人，是中国现代著名的小说家、文学家、戏剧家，著有小说作品《骆驼祥子》《我这一辈子》等，此外还创作话剧剧本《茶馆》《龙须沟》等。老舍是"第一个把'乡土'中国社会现代性变革过程中小市民阶层的命运、思想与心理通过文学表现出来并获得了巨大成功"①的作家，其长篇小说极具市井气息，善于通过描绘小人物的坎坷命运来体现时代动荡和世道艰难，将宏大的时代背景和历史事件巧妙融入小人物的人生经历中，并通过世道不公来喻讽社会问题，而中短篇作品则以广泛取材和精巧构思体现出别样美感——平和的忧愤，自嘲的悲悯。由于老舍具有地道的北京背景，其文学创作中饱含"京味"，在语言风格上极具北京平直口语特色和独特幽默的京味调侃，在叙事细节中也有北京的平民生活缩影和真实质朴的气息。1951年，老舍被北京市人民政府授予"人民艺术家"的称号，1966年自沉于北京太平湖。三十几载笔耕不辍，在北京城飞扬尘土与日盛天光写世道冷暖，百万余字累诉尽心血，自街头巷尾人间平淡看时代更迭。直到现在，老舍的作品依然以细微生活折射远大的文学闪光而为人们所尊崇。

（二）主要情节：生活苦难对人的棱棱削骨

在《我这一辈子》中，全剧的冲突高潮主要有三个，分别是"妻子私

---

① 温儒敏：《论老舍创作的文学史地位》，《中国文化研究》1998年第1期。

奔""辫子军作乱""丢职丧子",而这三部分也是对主人公福海这一小人物的生活热情和希望向往层层磨灭的过程,正如同《骆驼祥子》中祥子三次买车梦想的破灭一般。

学成出师的福海,本凭借手艺过得体面,在娶妻生子后体现出对生活的知足与幸福,而妻子随着自己的师哥私奔,不仅从精神层面予福海以极大的冲击和失落,打破了他自构的幸福生活,还从物质层面磨去了福海的体面——因为与师哥联系甚密的行业,福海不得不选择转业。这时的福海失去了最开始的圆满,对美好生活的追求被打破,只能因抚养儿女而退求其次。之后,其担任巡警工作,活在零碎里、被称"臭脚巡"但依然凭着自嘲自解而生活,在命运对其的第一层打磨后,福海成了一个心里通透但乐得糊涂的人,于是第二个主要情节打醒了他的自我蒙蔽,辫子军作乱,小锁儿只因捡拾东西便被杀,世道的混乱不公让福海蒙蔽与自嘲的状态被打破,不得不直面社会的混乱与不公,产生了愤懑和无力。而第三个主要情节发生在福海升职、生活稳定之后,更具有戏剧性和讽刺性——只因为自己留了胡子,便被新局长辞退,好容易有了孙子,此时儿子却病死,新生命的延续变成了苦难的加深。这是对福海的最后一重打击,已人到晚年的他彻底失去了谋生依靠和对生活的希望。

三个主要情节完成了生活苦难和世道艰难对一个小人物在物质上由体面到一无所有,在精神上从追求幸福到凄苦绝望的磨棱削骨,一个活生生的人被命运世道打磨成了一片薄纸而飘落。

(三)对比深化的叙事顺序

《我这一辈子》的戏剧结构精到之处在于巧妙地安排了叙事顺序,恰当地采取了倒叙和插叙结合的方法。故事本来就是对福海一生之长的单线叙事,如何不使福海的命运悲剧变成年月发展的流水叙事,叙事顺序便显得十分关键。于是故事的序幕由晚年悲惨的福海开启,老人对国家伤民的悲诉、对自己境况的惨淡叙述形成了开启其人生倒叙之前的铺垫和悬念,"世道如何不公""老人为何沦落悲惨"成为展开叙述的两个前置问题。于是,"学徒经历""娶妻生子""媳妇跑了""挑巡警""辫子军屠城""弹压地面""民国啦""警卫队""当了巡长""聘女儿,当公公""下岗了""儿子死了"这一系列人生片段便依次叙述发生,从和美体面、生活幸福以坎坷递减到晚年悲惨、痛诉不公,回答了序幕中老人悲剧的两个悬念问题。这里的精妙之处在于,把福海的悲惨晚年提前到序幕,便使得倒叙故事成了对其惨淡命运的疑惑解答,同时,由于福海的苦难是逐渐加深的,观众预知了福海的悲剧结局,同情感触也会更甚。

此外,在序幕与倒叙之间还有作为巡警的福海插叙的一个片段,不仅自然地通过职业这一话题引出了学徒时期,更与之前的老年凄惨和之后的学徒意气形成了不突兀的中间对比。

(四)被"汤事儿"吞没的底层人物

作为一部单人剧,《我这一辈子》唯一着力渲染的福海,是具有普通和普遍双重性的底层小人物,同时是具有坚忍和懦弱两重性的悲剧主人公。福海最根本也是最重要的特质是其平凡和普通,他的职业、经历、追求都是市井平凡,在凭手艺体面过活、有一个美满家庭这一普通追求被打破后,过着内心清醒和表面浑噩的生活,对北京城的规矩不公十分清楚,但却总是得过且过、不与命争,他的普通正是他的普遍性代表,在时代动荡和社会问题下,小人物渺小而无力,卑微如蝼蚁。而剖析其性格深处,则具有坚忍和懦弱的交织矛盾。福海是坚忍的,具有极强的命运抗压能力,在不断被命运和时代打压消磨下依然没有彻底绝望，面对苦难能够坚忍地求生存；福海又是懦弱的，面对妻子同师哥私奔，他没有去追寻质问，只想着妻子自己回来，面对辫子军的横行和世道的不公，他愤懑却又只能愤懑，痛斥不公却只限于痛斥，面对仅仅因为留了胡子而被开除的决定，他连一句辩解也无。他的懦弱与坚忍是相生的，正是源于其坚忍的性格，他才能选择一再懦弱，而正是因为其懦弱，也不得不变得坚忍。福海一生都把"汤事儿"看得明白，但他的悲剧一生也正是因为"汤事儿"的推搡吞没，行为上浑噩，精神上清醒，这就构成了福海的命运悲剧，但同时也不可谓不是时代悲剧和性格悲剧，而福海正是批判市民性格与描写城市底层人民苦难这两重老舍写作主题的交叉点所在①。

（五）通篇"京味"特色的个人"独白"

这一部剧作的语言特色首要还是承接老舍的文学特色，也即"京味"，即其独有的地方性色彩和民族风格。福海的所有台词都具有北京市井的语言特点，儿化音的大量应用、充满市井气息的平实语言、北京方言独有的词汇、大量的感慨词和幽默戏谑的调侃意味……从整体的不避粗俗、市井平白，到细节的语言习惯、方言风格，在"筛选掉粗陋的杂质"后老舍"烧出了京韵的香气"②，依靠语言铺陈北京城这一背景，铺陈北京底层市民这一群体，正是由于这种地道的北京味儿，语言成了故事的独特布景。此外，《我这一辈子》是一部单人剧，语言上具有个人独白和单声部特点。从语言效果

---

① 赵园：《老舍——北京市民社会的表现者与批判者》，《文学评论》1982年第2期。
② 许自强：《论"京味小说派"与老舍》，载《北京老舍文艺基金会年鉴》，北京十月文艺出版社2005年版，第35页。

来看，这样的个人独白使得剧作的语言高度和谐，更突显福海背后的市井民众形象特点；从语言风格来看，福海的台词通俗幽默，多带调侃与自嘲，使得悲剧不至过于压抑、节奏过于低沉，更通过幽默戏谑传达了嘲讽。在这出十足的命运悲剧、时代悲剧与性格悲剧之中，语言竟带有喜剧风格，这更能完成深层的戏谑和讽刺，同时语言本身在体现福海个性特点的时候，也完成了典型环境下典型人物形象的塑造。

（六）社会不公与市民性格的双重批判

故事通过表现福海长至一生的坎坷苦难，体现了时代悲剧和个人性格悲剧双重意蕴，从而也就构成了两个彼此交织渗透的主旨。首先是底层人民在宏大时代中的渺小无力：福海作为一个平凡小人物，不断被社会和命运磨灭生活希望，被所谓"汤事儿"推到绝望境地，体现出普通百姓在时代动荡和社会昏暗下的渺小、无力和不自主，从"体面"到"生存"、再到"生存"的艰难，小人物的辗转苦难与剧中大人物轻飘飘的几句台词形成了鲜明对比，展现了小市民阶层的生活困境，折射了社会不公和时代黑暗。此外，还有一层主旨是群体内在的软弱特点，福海一生没有过任何对社会和命运的反抗，他的坚忍变成了他逆来顺受的遮掩，他的自嘲变成了他软弱的证明，由福海这一生的悲剧，群体性的软弱也得以显露批判，福海一生清醒地厌恶"汤事儿"，然而正是在"汤事儿"的浸没下福海经受了苦难，最终也浑噩地度过了"汤事儿"般的一生。在外在时代与社会不公、内在群体软弱劣根性的双重批判下体现了剧作的独特人文关怀，以最后福海："希望等我笑到最后一声儿的时候啊，这世界就变个样啵……"[①] 传达出希望之音。

---

① 方旭：《我这一辈子》演出本，根据2012年8月蓬蒿剧场演出校订。

三、演出情况与评价：经典的重释与复归

《我这一辈子》被多次改编成电视剧、电影、话剧等。1950年石挥执导与主演的电影对原著进行了较大改动，增加了发挥引导作用的正面角色共产党员申远，具有当时的时代特点。张国立执导的电视剧于2001年播出，叙事重点放在了福海等人的人物关系纠葛上，京味被大大冲淡，人物性格的懦弱也被淡化。而由方旭先生改编上演的话剧《我这一辈子》则极大程度地还原原著，单人剧的戏剧形式也还原了"京味"特点和人物懦弱的性格悲剧、社会不公的时代悲剧。明戏坊戏剧工作室进行了多次演出，回归原著对主人公一生的单线叙事，回归"京味"和北京市井特点，同时回归对不公社会和软弱人性的双重批判当中，回归人文关怀与民族思考。演出焦点集中而不单调，情节紧凑而不沉闷，悲剧性得到了极大展现的同时，语言戏谑幽默的喜剧化特点也得以保留。对经典的不同阐释与再度复归，体现了时代发展中剧作新内蕴的生发和老舍先生永远坚守的人文关怀。

《我这一辈子》精彩片段

片段一

巡警　　二十四岁，我有了一儿一女。这生儿养女，做丈夫的叮有什么功劳呢！赶上高兴，当爹的把孩子抱起来，耍巴一会子，其余的累全是女人的。说真的，生孩子、养活孩子，男人有时候想帮忙可就是干瞧着伸不上手儿。（对观众）您还甭不服，你看你看，那位大哥那小眼神儿！有孩子了吧，咱不说别的，就这母乳喂养您能来嘛？到您那充其量也就是牛乳喂养。可这牛奶里白面要是掺

多了,您还不如给孩子直接喂糨子呢。您知道这母乳喂养最大的好处是什么吗?什么时候喝什么时候是热乎的。懂我!所以,特别是这个时候,一个懂点儿事儿的老爷们儿,自然该让媳妇痛快点儿,自由点儿。野点野点吧……呸!我真不想再用"野"这臭字儿!野点儿怎么啦?再一说,夫妻是树,儿女是花,有了花的树才能显出根儿深。我还有什么可不放心的呢?他就不能够!一个孩子就能把妈拴得结结实实的,更何况是俩?她是孩儿妈呀,亲妈呀!

片段二

巡警　他是我师哥,即便我不喜爱他,我也不能无缘无故的怀疑他。我的那点聪明不是给我预备着去怀疑人的。他是我师哥!我们是同一门儿里学的手艺,又在同一条街上混饭吃,有活儿一块儿干,没活儿一块混,闲着的时候我们也摸几把索儿胡玩——那时候"麻将"还不怎么时兴。您说对这么亲近的人,我怎能不拿他当朋友呢?我们之间从来不客气,他上家来赶上什么吃什么,碰上什么喝什么,他饭量大还不择食。呵!你要看他端着大海碗吃炸酱面,(演吃炸酱面)那叫一个痛快!他吃得四脖子汗流的,你就眼瞧着他那脸慢慢……慢慢就红成一大煤球似的;谁能相信这样的人能存着什么坏心眼儿呢!

可一来二去的,由大家的眼神里我瞧出来不对劲儿了。假若我是个糊涂人,直心眼子,可能听风就是雨的马上就闹个天昏地暗。咱心眼多!糊涂瞎闹那不是咱干的事。我不能听两句闲话就疏远黑子,我也不能傻子似的盘问孩子他妈去,我得平心静气地想一想。

先想我自己。我真想不出我有什么不对的地方来!即便我再有多少毛病,我也比我那师哥更有个人儿。

再看我这师哥吧,论长相,论能耐,论哪儿他也不是那种一见面就教女人动心的人。因为他笨!

回头你跟他说:师哥!现如今有钱人都住洋房了,就再用不着糊顶棚了对不对?

(学师哥):对啊!

照这样下去,干咱们这行的就快没饭吃了对不对?

(学师哥):对啊!

那你总得想法子找饭辙对不对?

(学师哥):对啊!

可你根本就想不出辙来对不对?

(学师哥):对啊!

我说你听见我说话了吗?你耳朵里是不是塞鸡毛了?

(学师哥,从耳朵里往外掏东西):对啊!

最后,我详详细细地为我的年轻的妻想了想。我们俩一块儿五年了,要说不算不快乐。即使她的快乐是假装的,愿意去跟个她真喜欢的人——这个人也不该是黑了!他跟我都是手艺人,论身份一点不比我高。抖搂抖搂家底儿不比我阔,模样儿不比我漂亮,岁数不比我年轻,我的妻她图什么呢?您能告诉告诉我吗?谁能告我?!我都想过了,一点儿缝儿都没有。就满打说她是受了黑子的引诱,邪了心,可是他凭什么引诱她呢?那张黑脸?

可是,打那天起,黑子和我的妻都不见了。我就纳这个邪闷儿了！她怎么就跟他跑了呢？我非等哪天见着孩子他妈，由她自己说出实话来。这事儿你问黑子没用！

回头你问他：朋友妻不可欺对不对？

（学师哥）：对啊！

咱俩是师兄弟，比一般的朋友近多了对不对？

（学师哥）：对啊！

所以你就悄么声儿地把我媳妇拐带跑喽对不对？

（学师哥）：对啊！

对！对！对！对你妈呀对！

片段三

巡警　她没回来，没消息，我恨她一会儿，又可怜她一会儿，胡思乱想，整宿整宿的睡不着。这事就好像是在梦里丢了我最亲最爱的人，一睁眼，她真的跑没影儿了。这个梦没法儿明白，做过这么个梦的人，就是没疯，也得脱层皮，这等于丢了半条命啊！

这事儿要是搁在别人头上，我听了不过也就嘻哈一乐儿，兴许我还能劝他两句——咳，算啦！不就是个娘们儿嘛，什么都是浮云！

可这事儿他搁在我脑袋上了，我这脸往哪儿搁呀！上街？可怎么走呢？抬着头大大方方的走吧，准有人说我天生来的不知道寒碜。低着头走，那不是自己认寒碜嘛。合着怎么着都不对。我可是问心无愧，没做过一点对不起人的事。得嘞！为我那两个没娘的孩子，我得活着呀！遇到多大苦处我都能忍，因为我学过徒！可打那儿起，我心里头就有了个空儿，就像枪打在墙上留下的一个小窟窿。这个空儿会教我在特热情的时候心里忽然凉一下子，让我在特高兴的时候忽然有点难过，我经常笑着笑着眼泪就出来了。

片段四

巡警　　看来家是回不去了。由各处的火光看，大概所有的街口都有他们。抢劫就抢劫吧，干吗烧那么多铺子、杀那么些个人呐？像我这样儿的，在他们眼中还不和个臭虫一样？啪，完了！不费事儿！海福，看好了你妹妹呦！

街上除了那些横行的兵，简直就是个死城。那些买卖人干看着自己的铺子那么烧，没人敢救，这样的街面儿让人害怕得浑身哆嗦。

慢慢的，慢慢的，人们开始胆儿大起来，一条没有巡警的街道就像没有先生的学堂，多老实的孩子也得闹哄哄。一家开门，家家开门，反正铺户已有被抢过的了，就跟着抢吧！

粮店、药店、茶叶铺子、百货店……什么东西白来的都是好的。门板一律砸开。抢啊！抢啊！抢啊！

瓶瓶罐罐碎了一街，米面油盐撒了一道，谁都恨自己没多长一双手，谁都嫌自个儿的腿脚不利索。俩大老爷们儿为抢一袋白面滚得跟一雪球儿似的。抢啊！抢啊！抢啊！谁能相信平常这么老实守法的人也会抢劫？可时机一到，人民立刻原形毕露。

我挤在了一群买卖人的中间，不敢出声儿。他们也明白我的难处。这一带街面儿上的人大概没有不认识我的！平常，谁在墙根撒尿，我都得让他们憋回去，这不讨厌嘛不是？能不遭恨嘛？！现在大家正在兴高采烈的白拿东西，冒而咕咚的出来个巡警，他们一人给我一砖头，我也就活不成啦！大家伙一声不吭的把我围在当间儿，我一个巡警算鸡毛啊？连他们买卖人自个儿也不敢抬起头来。他们没法保护他们的财产，谁敢出头抵抗谁就得死，辫子军有枪，人民也有切菜刀呀！他们低着头，好像他们倒怪不好意思的。他们生怕和抢劫的打了对脸儿。

没看见！没看见！我什么都没看见！……

片段五

巡警　　我这是招谁了，我招着谁了？有胡子的可不止我一个，有的还是巡长、巡官呢！要不……要不我也不敢留这几根惹祸的毛啊！老么咔嚓眼？我才四十多！我明白了！就是说，你年轻力壮的时候，你把命卖上，一月就是那六块大洋。你的儿子，因为你当巡警，不能读书受教育；你的女儿，因为你当巡警，也嫁个巡警去吃窝窝头。你自己呢，一长胡子，就算完事，一个铜子儿的养老金也没有。二十年，全算白搭！五十以前，你没挣下什么，有三顿饭吃就算不错；五十以后，你该想主意了，是投河呢，还是上吊呢？这就是当巡警的下场。

二十年来的差事，没做过什么错事，但我就这样卷了铺盖。弟兄们有含着泪把我送出来的，我还是笑着；世界上不平的事太多了，我还留着我的泪呢！

赶我把灵运回来，我手中连一个钱也没有了。儿媳妇成了年轻的寡妇，带着个吃奶的小孩。我怎么办呢？我没法再出外去做事，在家门口我连个三等巡警也当不上。我才五十岁，路就好像已经走到头儿了。我真羡慕海福啊，早早儿的死了，一闭眼三不知；

假若他活到我这个岁数儿,还许不如我呢!儿媳妇哭,哭得死去活来;我没有泪,哭不出来。

片段六

巡警　下雨啦!哪哪都是水,屋里、外头没有一块干松地方。潮得人心里头好像都能长毛。一场大雨过后,这街上就又得多些个妓女和小偷。有什么辙呢?家大人趴架了,儿女们做贼做娼总比饿死强。雨,下给富人,也下给穷人,下给好人,也下给坏人。雨是公道的,可是它下在了一个没有公道的世界上……

我不求人白给点什么,还讲仗着力气和本事挣饭吃。豪横了一辈子,到死我还不能输这口气。我挨饿、受冻,我找不到一撮儿烟叶,可我决不说什么;我给公家卖过力气了,我对得起所有的人,我心里没毛病。还说什么呢?我等着饿死,死了一准儿没有棺材,我这辈子就这样了吧!……我的眼前一阵一阵地发黑,我好像已经摸到了死。哼!我还笑,笑我这一辈子的聪明本事,笑这出奇不公平的世界。

希望等我笑到最后一声儿的时候啊,这世界就变个样啵……

——摘自《我这一辈子》演出本,根据2012年8月蓬蒿剧场演出校订,编剧:方旭

烽火时代的守望女性群像映射:《乡村往事》

一、剧情简介：永恒守望的女性

《乡村往事》讲述了一位九十多岁"喝黄河水长大的"中国老妇人回忆自己的一生，时间跨度从辛亥革命、抗日战争、解放战争，直到新中国成立后的"土改""四化"，而这位老妇人也从孩童时代，到青春时光，到中年，到晚年，经历了一个个时代——通过这位普通的中国妇女一生的守望，折射出中国命运多舛的百年历史。这位老妇人一直孤单一人在低矮简陋的乡村小屋里生活，腰驼，背弯，脸上满是皱纹。她年轻时曾经很漂亮，心灵手巧，能唱能舞，干活麻利，她的公公、婆婆、丈夫、儿子一个个都在战争年代牺牲了，可她一直守在这里等候着亲人们归来，她经常拄着拐杖走到村头，站在高坡上向远路眺看，年复一年的等候，年复一年的守望……

二、鉴赏视角

（一）强强联手的高校艺术精品

2014年在北京举行了第六届"戏剧奥林匹克"国际戏剧节，刘立滨教授以主办国国际委员身份参与其中，并推出单人剧《乡村往事》。《乡村往事》一剧由中央戏剧学院出品，总政话剧团一级编剧李宝群担任编剧，刘立滨教授担任导演，刘红梅教授担任主演，舞美设计、灯光设计、造型设计等主创均为中央戏剧学院教授担任，是一部艺术高校出品的精品剧作。

（二）三段式的严谨铺陈、时间线的往复

第一部分铺陈展开整个单人剧的画面，分设了过去与现在两条时间线，给观众一个直观的感受：一位老妇人面对着黄河诉说过去的事情。

开幕出现的黄河水声成了老妇人倾诉的对象，而舞台的灯光变化以及声声击入人心的梆子声引领着她的情绪和情感，在老妇人的叙说中，与她的生命产生交集的人和事缓缓地流淌开来。老妇人多舛的命运由此开始：她所在的村子叫石门村，紧挨着黄河，她打小失去了双亲，由订过娃娃亲的家里收养，那时候清朝将亡，自家公公在外刺杀山西巡抚被抓抄斩时所唱的《血战金沙滩》从那时起便留在了她的脑海里。

第二幕、第三幕讲述了她的男人、儿子分别因为辛亥革命和抗日战争先后踏上了征程，一去不回，而苦劝不住他们的妇人便开始了一生的守望和等待。期间鬼子进村，留守在村中的老弱奋起反抗，村中男性临死前又唱响了《血战金沙滩》。

第四幕的时间来到了解放战争时期，这个时期妇人也收到了丈夫的死讯和儿子虎子的家信，悲痛之余生活却也有了盼头，情不自禁地在晚上唱起了《三更天》。

最后一幕的时间回到了现在，尝过大半辈子酸甜苦辣的老妇人在其间又经历了生离死别，回想起生命中遇到的那些人、那些事，在幻想着重逢的时刻中大幕缓缓关闭……

（三）双线交织的戏剧结构

在剖解《乡村往事》的时候，可以从中寻找到整个戏剧的结构——"大

时代下个人生命史的交织"。老妇人的性格发展线是伴随着整个叙事的进行而改变的。例如第一幕中"她"的回忆里面对公公刺杀山西巡抚这一革命事件的态度:"想不到,真想不到,石门村出了这么一个人物,可惜了!"[①] 显然当时的她虽然把革命看作是离自己非常遥远的事件,但是内心对于革命还是十分认同的。随着历史的演进,革命本身也在进行更替,从辛亥革命、抗日战争,再到解放战争,她对待亲人离去的情感和朴素的家国情怀不停地交织变化,成功地将时代背景与一位女性的生命史在这部单人剧里达成了统一。

同时,《乡村往事》通过主角"她"的叙述,在铺垫(开场的悲伤舞台氛围)、强调(黄河梆子的一再出现)、突转(虎子逃跑)、延宕(间或收到真真假假关于自己男人和孩子的消息)等结构技巧上也下足了功夫。

(四)"她"——属于历史的女性群像缩影

单人表演对于演员来说,塑造角色的空间可谓"既少又多"。"少"是因为舞台上的角色只有一个人,一个演员要将全部的戏剧情境以及不同的角色塑造这个重担担起来,"多"是因为在叙事手法和戏剧冲突方面可以借人物之口诉之于行,体现演员的角色塑造能力和表演功力。"只有一个人表演,靠演员的独白、表情、动作在观众的想象中创造一个戏剧空间,具有高度的假定性和非现实性",单人剧的角色形象无疑是最为集中和丰满的。

本剧中老妇人的生活呈现出了五个时间段,每个时间段都有她刻骨铭心的场景和一生中的回忆与牵挂。在《乡村往事》里,老妇人只有黄河的陪伴,她听黄河的水声慢慢变老,因此黄河成了她的倾诉对象。黄河的鸟鸣风

---

① 李宝群:《乡村往事》,《剧本》2013年第4期。

吼一直伴随着她，也是她诉说内心痛苦回忆的对象。在剧中，她对黄河提问，一方面是让观众感受她与黄河是一体的；另一方面她所面对的观众也就像黄河一样在静默无言中听她诉说。她很苦，不是因为日子过得苦，而是苦在内心的等待，经历的磨难使她变得坚强，性格中既有善良、忍让的一面，也有顽强、勇敢的一面。老妇人活到了九十多岁，亲人仍然活着的想法是支持她一直活下去的理由，她有很大的容忍和爱，以及别人没有的生存能力，才能在这样贫瘠的村子里苦苦守望一辈子。

（五）三晋风情——山西梆子与叹问

本剧中的山西梆子也值得单独品鉴，它具有浓郁的三晋特色，唱词朴素，令观众倍感亲切而新奇，能更好地融入戏剧情境之中。高亢的梆子激越、粗犷，展现了石家人为革命勇于献身的慷慨激昂之情；此外，婉转、圆润的梆子《三更天》，抒发着主人公无限温柔的情愫。

旋律温婉、曲调优美的山西梆子使这部剧作充满了浓郁的乡土气息和独特的艺术风格。山西梆子在剧中的适时出现，既凸显剧本故事的地域特色，同时又极好地渲染了戏剧气氛，成为人物情感抒发的有效载体。

（六）主旨揭示——小人物与大历史：时代命运的映射

正如本剧导演刘立滨教授所说："这是一个小人物，但是她的生命精神和写大人物同样的重要。我看到剧本的第一个感受就是，千千万万我们这些所谓的小人物，我们这些老百姓，为了这个民族，为了自己的这块土地，付出了很多很多。这些付出了一切的人，却往往是最容易被遗忘的。我们不仅要记得那些作出了惊天伟业的英雄人物，也要为那些默默无闻的草根，为他们为这个民族所付出的巨大的牺牲和代价所感动，要关注这些人，不要忘记他们。这个戏是希望给予这片土地上的'平凡的人'更多的关注和赞美。"①这部剧虽然是单人剧，但其实描绘的是一个群像，一些处在历史动荡时期的平凡农村妇女的形象。历史书没有记载她们的痛苦和守望，这部话剧记下来了。亦如该剧编剧李宝群说："长久以来，我一直以为，漫长的历史进程中始终存在着两种历史：一种是写满英雄伟人名字的历史，一种则是由无数普通人的故事构成的民间史。这后一种的主人公大多无名无姓，大多会被历史的风沙湮没，留不下多少痕迹，但它却真实记载着一个民族的心路历程，记载着苦难、坚忍、牺牲，还有各样的爱、各样的情、各样的人生遭际，更真实，更有力量。"②

三、演出情况及评价影响：中国在戏剧奥林匹克发出的新鲜声音

该剧 2014 年 12 月在国家大剧院进行首次公演，是该届戏剧奥林匹克中唯一一部来自国家艺术院校的作品。无独有偶，美籍欧洲导演和表演艺术家罗伯特·威尔逊（Robert Wilson）带来的爱尔兰荒诞派剧作家塞缪尔·贝克特（Samuel Beckett）的《克拉普的最后一盘录音带》也是单人剧，它与《乡村往事》一前一后亮相国话剧场和国家大剧院。一部是扎根于中国本土文化的以现实生活为原型的当代中国戏剧，贯穿以现实主义为根基的导表演手段；另一部是荒诞派大师的剧作，由善于在舞台上糅杂各种艺术形式、坚决"反对阐释"的新锐导演自导自演。

---

① http://www.juooo.com/news/show/10067.
② http://news.youth.cn/jsxw/201412/t20141207_6183394.htm

《乡村往事》精彩片段

片段一

〔空黑中河水声阵阵。

〔一束追光亮起——

〔——满头白发的她拄着拐杖出现在追光里,开始叙说。

她　　——真快呀,一辈子说过去就过去了。这些天我耳边总是响起水声,眼前总是出现那些过去的人和事——他们一个个都回来了。我公公,我婆婆,还有我男人石蛋,我的儿子虎子——

〔舞台上出现若干光圈!

〔水声一声声响着——

她　　——看,看哪,他们来了,一个个的样子真真的,他们走进了,站着的,坐着的,椅子上的,床边上,白天在那,晚上也不走,夜里还是不走——石蛋,我的男人,我等了一辈子的男人,一句话也不说,一直看着我——(趋前)虎子爹,你要说啥?你说话呀!——(转过身)喏,那是我的虎子,高高的,壮壮的,他一次次向我走来(迎上,追着移动的光)——虎子——虎子——

〔她走在光柱中,和他们说话交流——

〔水声响着,更多的光圈出现——

她　　——好多人都来了,村里的老族长石五爷拄着拐棍来了,狗子爹狗子娘来了,还有二狗子、三狗子,狗蛋子,九奶奶,六婶,小凤,打鼓的七哥,拉弦的三叔,教书的侯先生——我看见了村里的老老少少——坐在一起拉呱的,喝酒猜拳的,聚在一堆拉着弦打着板唱戏文的——

〔鼓板声，琴声起，

〔各样的戏文声起——

〔——许多人在唱——

她　　——听，山西梆子，他们又在唱着咱山西梆子！——你们大伙听啊，这是狗子爹在唱，这是六婶子在唱，九奶奶那么大岁数也唱上了——

〔水声，滔滔的水声。

她　　——水声，河水声！这是流过我们村的黄河，我听了一辈子的河水声！它在响——它也在唱哩！

片段二

〔胡琴声中响起了木鱼声。

〔木鱼声声。

她　　晚上，我到去石蛋屋里劝他留下，没过门的大姑娘，张不开嘴，我还是说了，可石蛋不听，他说他已经想好了，天一亮就走，叫我代他好好侍候婆婆，等着他回来——我哭了，可他还是不听，还是那句话，让我代他好好侍候婆婆，等着他回来。——没法子，我烧了水，端进屋，为他洗脚——

〔哗哗的水声。

她　　——唉，那个晚上，我这辈子都忘不了那个晚上，我这辈子只有这一个晚上！——他拉着我的手，让我给他唱段梆子听。我唱了，唱的是女人们最爱唱的《三更天》——（哼唱起来）

〔青春少女的歌声在舞台上飘动着。

她　　——他听着听着抱住了我——男人！这是我的男人！——我答应了他，让他放心去，我会好好侍候婆婆，等着他回来。——他解开了我的扣子——他亲了我！——我怕，我慌，我不知该咋办，心里头还有点甜甜的——他亲着我，要我留下陪他——我，我依了他。我俩熄了灯，上了床，睡在了一起——

〔歌声，歌声——

她　　——真希望天永远都不亮，真希望这世上只有那一个晚上。——那一晚上，我枕着他的胳臂，听他讲话，他给我讲了好多好多话，讲他的革命，讲他要做英雄，做公公那样的救国救民的英雄。——我听不懂，我定定地看着他，他的神情、他的话让我着迷——

〔歌声，歌声。

她　　——天亮了，我给他收拾了行李，还给他做了碗面，他最爱吃的刀削面——

他说，好吃，等我回来再给我做，我还想吃。我说，那你就早点回，我给你做一辈子。我送他到了黄河边，看着他一步步上了船——

〔水声，湍急的水声——

片段三

她　　你们肯定没见过那个场面——我公公和几个人头插着问斩牌，被绑在车子上，游乡示众！——好家伙，人山人海，十里八村能走能动的乡人们都出来看了——我和石蛋陪着婆婆站在路边。我看见了公公——他穿着一身白，五花大绑站在刑车上，腰杆挺得直直的，头扬得高高的，他唱起了山西梆子——

〔一个男性的歌声拔地而起——

她　　——这一段叫《血战金沙滩》——猛抬头苍鹰叫叫声凄凉，好一场决死战到处血光，——公公唱得那叫一个好啊！——多少年过去了，我都记得真真的！（跟着哼唱）——舍性命成大义就在今日，战死在金沙滩万世流芳——

〔梆子声飘送着——

〔一个声音：时辰已到——开刀问斩！

〔霍的一声！——满台血光！

〔——公公的光圈隐去。

〔只有河水声。

她　　这就是我公公！——他走了，村里人背地里都说临死还这么豪横，是条汉子！连石八爷也说：——想不到，真想不到，石门村出了这么一个人物，可惜了！

〔——《血战金沙滩》在天地间飞扬，远去。

〔河水声声。鼓板声声。

片段四

她　　——这是咋了？这是咋了？这么大的国家，那么多当兵的，咋一个败仗接一个败仗啊？咋就挡不住那些日本小鬼子呢？——我一个女人家弄不懂这些事，只盼着别打到咱们地面上来，别扰了咱的日子！

〔响起了军歌声——

她　　——有一天，忽然开来了一支队伍，扛着枪唱着歌威威武武的一支队伍，大伙都围着看，一个当官的站到高处对大伙说：他们是八路军，是来打鬼子的！他还鼓动村里的年轻小伙子参加八路一起救中国。——不少小伙子都报了名，虎子和二狗子也动心了，天天跟着那个当官的后边跑来跑去的，还总背着我在一起嘀嘀咕咕的——我真害怕呀，我就剩下虎子了，他可不能再——

〔一束光柱升起。

声音　——娘，我要参加八路，我要和八路一起去打鬼子！

——娘，你就让我去吧！刘营长说了，不打鬼子，咱中国就得亡国亡种，我是去救中国！

——娘，求你了，我打了鬼子就回来！

——娘——娘——娘——

她　　不——不——不成，你不能去！——虎子，你爹走了，家里就剩下你一个男人了，你是石家的根哪！我得给石家留下这条根哪！——虎子，娘也求你了，要是你有个三长两短，你爹有一天回来了，娘咋和他说？——娘求求你了！

〔光柱隐去。

她　　——我一次次地这么求虎子，婆婆也流着泪劝他，拉着他的手不让他走，可他还是走了！——他和二狗子偷偷背着包袱跟着八路的队伍走了，连招呼都没打就走了！

〔黄河水声——

她　　（跌跌撞撞）——虎子——我的虎子！——虎子，你在哪儿呀？你不能走啊！——你快回来呀——回来，回来，跟娘回家——

〔她跌坐于地——

〔水声，只有水声。

她	——救国，救中国，当年上刑场公公这么说过，投孙中山的虎子爹也这么说过，我的虎子也——救国，救中国，怎么老石家一辈接一辈都要救这个国呀？老天爷，难道这就是我的命，是我们石家的命吗？

〔枪声，炮声！

片段五

〔她抖抖地从包袱里取出一封皱巴巴的，已经褪了色的信。

她	——喏，就是这封信，我一直留在身边。这是我的虎子写的！——他在信里说，挺惦记我，用不了多久就会回来看我——他还告诉我一件大事，他打听到了他爹的消息！——石蛋，好多年前就没了！

〔水鸟叫声。

她	没了——虎子爹没了！——我料到了，这么些年都没消息，十有八九是没了！——虎子信上说，他爹是队伍上的老革命，还是个不小的官哪，指挥打仗的时候让炮弹炸死了！虎子劝我别难过，说爹是为革命死的，为那个新国家死的。还说他也做好了准备，准备为这个新国家牺牲！——唉，革命，新国家，牺牲——看起来咱老石家就是这个命了——革命的命，流血的命，革命革命就得舍命啊！这个新国家，要流多少血死多少人才能弄起来呀！

〔炮弹爆炸声！

她	——虎子爹，让炮弹炸死了！——就那么死了！你都不回来见我一面就没了！

〔炮弹的爆炸声！

她	（苦笑）——没了——没了！他还说要吃我做的面，还要听我给他唱梆子哪！你还没和我成亲办事，没和我好好过一天日子哪！——再也见不着了！——见不着了！（轻轻唱起来）

〔她的歌声——梆子《三更天》。

她	——我没哭，一滴眼泪也没有，已经好多年不流泪了，我的泪已经流干了。——好在，老天有眼，给我留了一个虎子，只要虎子在，咱石家的烟火就断不了！日后，虎子回来了，娶了小凤成了家，我就会有孙子，孙子再生儿子，孙子的儿子再生儿子，老石家就会像这大黄河的河水一样接着往下流，子子孙孙流下去！

〔水声再起——

她	——二狗子家哭声一片，狗子娘最疼二狗子，哭得昏天黑地，死过去了好几回。村里的姐妹们劝了狗子娘，又来劝我，挤了满满一屋子。我和姐妹们说：——甭担心我，我没事，喝黄河水长大的女人经得起事，我们石家就是这个命，石家人只流血，不流泪，天塌了咱扛着走，日子还得接着过！

〔水声。

她	——人走光了，只剩下我一个。我一遍遍地看着虎子的信，想着我的虎子，我那受了伤的娃，我那正在流血的娃，你在想娘吗？娘在想你呀！——想虎子想累了，又想虎子他爹，那个只和我睡了一宿的男人，那个被炸弹炸死的男人——（轻轻哼唱起《三更天》）

〔歌声飘起来——

她	——狗子家也亮起了灯，二狗娘也唱起来了，村里的灯都亮起来，女人们都唱起来了，大伙在各家的灯下一边做着活儿一边

唱，那一晚上，村子里到处都响着我们的歌声——

〔歌声，很多女人在唱，唱着那首《三更天》。

〔她们的歌声在舞台上流淌着——

片段六

她　　——梦，这是一个梦！梦醒了，我总是要坐很长时间，慢慢地细细地一点一点地回味这个梦——这辈子就这么过来了，生生死死死死生生，经了那么多事，如今，都过去了，可又好像压根就没过去——过不去，那些人那些事都真真地在那，它们在我心里，它们陪着我，直到老，直到我咽气那一天——

〔她拿起拐杖，慢慢起身，慢慢走动起来——

她　　——每次梦醒了以后，我总是不由自主地走出家门——

〔吱呀一声，门的响声。

她　　（慢慢走着）——老了，腿脚不行了，快走不动了——得慢慢挪，慢慢走，走过村中那破败了的祠堂，走过村口那棵挂着老铜钟的大槐树——拐个弯，爬个坡，就到了黄河边——那条哗啦啦日夜响个不停的大黄河！

〔她慢慢走动着，拄着拐杖，走动在变幻的光影——

〔她来到河边，拄着拐杖伫立着——像一座雕像。

〔风在吹，吹着她的白发——

〔河水滔滔，在天地间涌动——

她　　（憧憬着，企盼着，叨念着）——流了千年万年的黄河水呀，天上地上的神明啊，你们告诉我——我的亲人们，这会儿在哪儿呀？在天上，在地下，我等得好苦啊！——鸟儿啊，你们还在飞,去替我告诉他们,我还活着,我在等他们回家。只要还有一口气,我就会守在这,我要守下去,等下去——

〔水鸟的叫声,一声声——

〔——黄河滔滔,不息流涌。

〔——那是一条血之河,泪之河,生命与死亡之河,一条流淌历史记忆之河。

一条生者与死者同在其中的岁月之河。

〔《三更天》动人心魄的歌声飘摇而起,盘旋不散。

〔——大收光。

——摘自《乡村往事》,作者:李宝群,发表自《剧本》2013年第4期

渺小的生活与伟大的梦想:《花心小丑》

一、剧情简介：送花小丑演绎世间百态

《花心小丑》以装扮成小丑的青年送花工的一天为叙事线索，讲述了他送花时的种种遭遇。为供养妹妹上学、给父亲治病，高中肄业的他和好友强子、喜欢的女孩秀秀一起，从农村老家进城闯荡。小丑最大的梦想就是在这座城市里开一间花店，让员工扮成各色神话人物，穿梭在城市中派送鲜花，给人们送去欢乐与幸福。

今天是他与秀秀约定的重聚之日，小丑按捺着激动的心情，像往常一样完成着工作。一大早，小丑来到明星白小姐的生日宴送花，在见到豪宅名车、奢华场景和众多光鲜亮丽的明星后，小丑为大家表演节目，向女明星索要签名，甚至在晕头转向中试图亲吻女明星的手，被女明星养的四五只狗的狂吠吓到跌倒，跌跌撞撞地离开。之后，小丑受人之托，来到病房为身患绝症的"大眼睛"女孩送花，却得知女孩已经死于病魔的噩耗，于是小丑脱下小丑服，在停尸间为女孩唱了一曲挽歌。离开医院后，小丑来到帝王会所，因执着于将花送到刘婷婷小姐手中，被保安殴打并扔出门外。带着满身伤痕，小丑来到一位八十多岁的老太太家，老太太的孙子小伟在大山里支教，在一次山体滑坡中，为保护孩子牺牲了自己。为了安慰年迈的奶奶，小伟的同学们隐瞒真相，让小丑代替小伟给老人送花，以"善意的谎言"安慰老人。入夜，小丑来到三年前与秀秀约定的地方，准备好最美的鲜花精心布

置，却发现秀秀已经忘记了曾经的誓言，登上一个秃头男人的林肯轿车扬长而去。风雪中的小丑心碎恸哭，但最终他还是选择以微笑面对悲伤，燃起梦想的微光应对冰冷现实。

二、鉴赏视角

（一）李宝群、查文浩与《花心小丑》

《花心小丑》是一出由中国国家话剧院出品、李宝群编剧、查文浩自导自演的小剧场话剧[1]，2011年首次亮相于北京国际青年戏剧节，同年参加第二届全国文华奖小剧场精品展演，一举斩获全国戏剧文华表演金奖、优秀剧目奖、舞美设计奖等5项大奖[2]。2014年，查文浩邀请毕业于北京舞蹈学院音乐剧专业的中国国家话剧院演员单冠朝担任该剧主演进行复排，在中国国家话剧院小剧场重新上演。

李宝群，国家一级编剧，中国文学艺术界联合会第十届全委会委员。1994年毕业于辽宁大学中文系，深受20世纪80年代的文艺激情迸发的影响，从那时便开始尝试剧本写作，并阅读各种戏剧理论著作。此后凭借《父亲》一剧名噪一时。在1999年，年近不惑的李宝群来到中央戏剧学院师从国内著名戏剧理论家谭霈生教授进行系统性的学习。此后，李宝群进入总政话剧团，44岁的他决定投笔从军。并在此后继续书写着他熟悉的黑土地的故事，写底层人、普通人的人生，对李宝群来说，小人物的故事讲不完，写不

---

[1] 许波：《轻松诙谐中蕴含隽永深刻》，《中国艺术报》2019年第2期。
[2] 参见中国国家话剧院官网"剧院精英"栏，http://www.ntcc.com.cn/zggjhjy/daoyan/201601/00132560a44c4939befa378b00d8b62f.shtml。

尽……① 创作上演过小剧场话剧《带陌生女人回家》《两个底层人的夜生活》《花心小丑》等，话剧《父亲》《母亲》《矸子山上的男人女人》《风雪漫过那座山》等，作品多次入选国家舞台艺术精品工程十大精品，多次荣获文化部文华奖、曹禺戏剧文学奖、金狮奖等多项奖项。

查文浩，本科毕业于中央戏剧学院导演系，研究生毕业于北京电影学院导演系，2013 年进入中国国家话剧院工作。曾在国家话剧院出品的《青春禁忌游戏》《纪念碑》《长夜》《中华士兵》等多部话剧中担任主演，在《北京爱情故事》《英雄本色 2018》等电影以及《河神 2》《买定离手我爱你》等剧中出演角色，担任《奇门遁甲》《狄仁杰之四大天王》《一代宗师》《雪暴》等多部影视剧的配音演员。

（二）现实与回忆结合、层层推进的戏剧情节

《花心小丑》由五幕、三段式结构组成，以小丑在不同客户处的遭遇勾起对过往经历的回溯，将小丑在城市中的酸甜苦辣在观众面前依次敞开。该剧以单人表演的形式，呈现了以"花心小丑"为代表的"农民工"们的梦想与追求、失落与无奈，通过情节、场面、人物、语言、主题等文本叙事的铺陈层层推进，以小见大地凝练出城市底层人物的生存困境。

"秀秀"是贯穿全剧的重要线索，是剧本最大的悬念设置。全剧都围绕着她与小丑的过往与现实展开。小丑在"天堂花园"索要女明星的签名照，是为了给即将见面的秀秀看，证明自己"活出了样儿"，为之后与秀秀见面的情节做铺垫；在医院送别"大眼睛"女孩后，小丑更加明白了生与死都是

---

① 李宝群:《从梦想到现实李宝群戏剧随想集》，中国戏剧出版社 2016 年版，第 5 页。

生活的一部分，继而引出对强子去世的回忆，并再次凸显"秀秀"这一角色在他生命中的重要性；在"帝王会所"受到的暴力待遇、对刘婷婷小姐所从事职业的暗示，似乎都指向"秀秀"所选择的人生道路，而秀秀送给小丑的手机被摔坏，正是两人关系已经无法修补的象征。诸多情节在细节的铺陈中相互嵌套，层层递进，共同将故事推向悲剧的高潮。在整个故事里，观众紧紧跟随人物的行动与心理活动，从"秀秀是谁"思考到"秀秀会不会出现"，一直到为秀秀的选择感到惊讶和无奈。通过对小丑一天生活经历的再现，引发出观众作为戏剧旁观者对个体所处困境无可解脱的同情，激起观众作为戏剧参与者对假定性的戏剧投入个人共情。

通常，我们希望看到的情节是剧中角色打破习性与懦弱，挣脱过去魔障，变成更丰富、更圆熟的自我，这样的情节设置会为观众传递一种信念：每个人都可以在心理和道德层面变成更好的自己。然而，作为一出单人剧的《花心小丑》，引发出小丑和众多明星、医院病人、会所保安、八十老太太等各色人物交集，最终将小丑一步步推入了被他者化的角落里。

在白小姐面前表演了节目的小丑有些忘乎所以，被宠物狗的吼叫践踏尊严；"大眼睛"的离去，让小丑作为送花工的职业价值进一步削减；会所保安的殴打，将小丑作为一个人的尊严都慢慢剥夺，他只有通过不合理的暴力行为发泄无处安放的愤恨。直到秀秀对小丑的精心布置视而不见，将曾经的坚贞誓言忘得干干净净，小丑精神最重要的依靠——美好的爱情也不复存在。幸运的是，小丑还有追求幸福生活的梦想支撑，独立个人的社会存在价值才不至于被彻底抹杀。

（三）多面立体、细节丰满的人物塑造

"在角色的扮演方面，除少数剧目外，绝大多数的单人剧表现的都是人

与人之间的关系。"① 在与种种人物、事件的勾连交缠中，小丑的形象日益丰满。我们渐渐发现，隐藏在笑脸之后的小丑，也是一个活生生的人，有着自己的喜怒哀乐。在他身上，我们无疑能够看到底层小人物的善良与乐观，在冷峻叙事中感受到缕缕温情。

当小丑来到病房给生病的女孩送花，却被告知"大眼睛"女孩已经离世时，小丑感到的是怅然与悲伤，自责没有早两天送来鲜花，或许能让女孩多在这个世界上存在几天。他希冀着用花朵延续女孩的生命，同时，他也在女孩身上感受到了城市给予的尊重与肯定——"从来没有一个美女把我这么当回事儿"。对他而言，患病女孩的病房不仅是他工作的目的地，也是他感受人间温暖的场域。太平间里，小丑脱下了小丑服，以一身平凡装束为女孩歌唱送行，此刻，他们不再是客人与小丑，而是两个同样孤独又同样纯洁的灵魂相互慰藉。骑着自行车穿梭在大街小巷的小丑，见惯了世间百态、悲欢离合，自己的苦楚却也无处诉说。

"风雪街路"一幕采用欲抑先扬的手法，通过小丑的动作与独白，呈现出他与秀秀见面前的紧张与激动，勾勒出小丑梦想中的图景，让观众与小丑共同陶醉其中。除了刻画出小丑昂扬向上、笑对生活的形象，以及他不轻易被困难打倒的积极心态，《花心小丑》更加注重的是，如何通过细节的刻画，使其成为一个有缺憾的、值得同情的人物。为了完成小伟同学的嘱托，小丑会费尽心机讲出一个"完美"的"谎言"；见到女明星富丽堂皇的住所，他会自我安慰是"连房子带人免费参观了一把"；当被别人质疑他是马戏团的小丑，"花心小丑"会敏感而严肃地称这是自己的"工作服"；当被会所保安驱赶，气急败坏的小丑会用石头砸玻璃表示愤慨。创作者通过呈现小丑在不

---

① 范益松：《单人剧和无对象交流》，《戏剧艺术》2005年第6期。

同境遇中所作出的选择和态度,以饱含关怀的笔触,让小丑成为一个丰富完整的、多面立体鲜活的舞台角色。

(四)粉碎理论、诗学、体系的戏剧语言

从矛盾冲突的性质和表现手法角度来看,作为一出面向生活、面向现实、聚焦进城打工者这一底层群体生活百态的一出正剧,《花心小丑》以真实可感的肢体动作语言,以及平易朴实的戏剧语言,制造出了一套通俗化的符号系统。

一方面,剧本立足于主角小丑自身的文化水平和所处的社会环境,精准把握单人剧"无对象"交流表演的特质,刻画出一个引人发笑却又惹人啼哭的小丑形象。小丑对自己的职业很是看中,认为自己的活儿有"三大好","全世界所有的工作里我这活能排在前三位"[1],还强调"这么好的活儿可不能丢了"[2]。他将辛苦抹去不提,尽可能以乐观积极的态度面对人生,他对自己在社会中所处的位置心知肚明,却也从不妄自菲薄:"我就是这楼海车海里一个小小的、会飞的小虫子,没人会把我当回事儿。"[3]……种种的诙谐、生动、自嘲地的台词在小丑口中自我吐露,正如老舍先生所言,戏剧语言"必须馅儿多而皮薄,一咬即破,而味道无穷"[4]。

另一方面,剧本让客观对话和主观思想并行,以"贵浅不贵深"的对话,镜鉴出贫富悬殊、阶级固化、一心向钱等一系列社会问题。初次进入别

---

[1] 李宝群:《李宝群剧作选》,中华书局2013年版,第298页。

[2] 同上书,第300页。

[3] 同上。

[4] 老舍:《出口成章·论文学语言及其他·增编本》,辽宁人民出版社2016年版,第43页。

墅区，小丑会"边走边张看"，被众人嘲笑，小丑非但不恼，反而"窘迫地爬起来"，"不停鞠躬"；来到会所，保安趾高气扬地说着会所今天"连散客都不接待"[①]，强调"侯经理是我们的大客户，连我们老板都不敢得罪他"[②]，被小丑痛骂"换了身皮人五人六的就不知道自己是谁了"[③]，颇具平民化、口语化特征、性格鲜明的人物语言扑面而来，恰恰响应了维克多·雨果（Victor Hugo）所倡导的要在语法规范中创造风格的追求。

（五）主题叙事：对幸福和尊严的求索

被称为"天堂花园"的高档社区群星璀璨，却因为几条恶狗便被撕裂，光鲜亮丽背后的阶级差异显露无遗；医院本是冰冷肃穆的场所，却因小丑手中的鲜花与女孩的歌声带来无限温情；光影迷离的帝王会所窗帘紧闭，见不得人的权色交易昭然若揭；"空巢"老奶奶房间飘荡的录音和口琴，恰恰预示着人性本真的温暖与光明。在物质奢华与精神匮乏、静与动、光明与阴暗、真实与谎言的鲜明对比中，随着场面的递进，不同场景幻化为新的意指：天堂花园如同聚光灯照耀下只等迎接嘲讽的空荡舞台；医院停尸房成为空无一物的告别晚会；帝王会所像马戏团小丑的训练场所；"空巢"是斯人已去万事无可追忆的缥缈殿宇。四个不同戏剧情境里的小丑，历经由简单的送花工到客户的朋友，再从一文不值的进城打工人，到老人孤立无援的唯一依靠者的多次转变。从而对人物价值的评判历经起伏，最终归于最挚爱的女子秀秀早已忘却曾经的交往，个体价值被彻底淹没。由此，一个进城打工人

---

① 李宝群：《李宝群剧作选》，中华书局2013年版，第309页。
② 同上书，第310页。
③ 同上书，第311页。

的底层人物形象跃然纸上：受人愚弄、历经死别、尊严被践踏、爱情也无望的小丑，靠着"开花店"的梦想支撑，一边反复对自己说着"扛住"，一边继续着送花的工作，却不知未来在何方。

查文浩在"导演的话"中写道："如果有一天小丑哭了，你会不会觉得他在搞笑？我总能看见送花小丑在街上卖力地蹬着自行车，他的脸上被口红涂满笑容，像一阵快乐的彩色旋风飞驰而过。其实面具后的他和我们一样普通平凡，总是一个人在舞台上卖力地独舞，滑稽的演绎着自己的悲伤。我们又何尝不是一样？"小丑是千千万万个平凡人的写照，每个人都在光怪陆离的人间奋力生活，饱尝酸甜苦辣，却依旧心怀对幸福的憧憬，戴上面具笑对苦难，默默将泪水吞咽，一边笑着，一边流泪。

作为一个底层人物，再多的困境似乎都没有颠破小丑对幸福的求索。看过"大眼睛"女孩和强子的死亡后，他觉得"活着，就是件特快乐的事，不，是件幸福的事！对，这他妈就是幸福！天大的幸福！"。① 看到老太太思念孙子却天人相隔无可奈何后，他觉得"有秀秀在，我就是最幸福的人！"。② 一切梦想破裂，他还对自己说"要笑着往下活，不管咋样，明天你还得骑车上街，花得接着往下送，路得接着往下走。生活还得快快乐乐幸幸福福地继续下去"。③ 另一方面，是否"活出个样来"似乎是个特别重要的事情。从最初"这活儿干好了，一样能活出个样来"④ 的乐观，到"要想活出个样来，你就不能被打垮，遇上天人的事你都得扛住"⑤ 的坚持，再到"为了秀

---

① 李宝群：《李宝群剧作选》，中华书局2013年版，第308页。
② 同上书，第317页。
③ 同上书，第322页。
④ 同上书，第209页。
⑤ 同上书，第305页。

秀，我必须活出个样来"①的疲惫，最后归于"我会和她说：秀秀，我活出了人样了"②的妥协与希冀，对尊严的维护成为支撑小丑继续前行的最大动力。

三、演出情况以及评价影响：最渺小的生活与最伟大的梦想

单人剧《花心小丑》先后有两个版本。第一版由查文浩自导自演，于2011年亮相"北京国际青年戏剧节"，同年参加第二届全国文华奖小剧场精品展演，一举获得全国戏剧文华表演金奖、优秀剧目奖、舞美设计奖等5项大奖，并得到业界专家的高度赞扬。2014年，作为导演的查文浩再次对剧本进行打磨，从舞台走下转到幕后，打造"国话版"《花心小丑》，由优秀青年演员单冠朝担任演员。二度创作时，《花心小丑》加入了多媒体呈现，以手绘和动画创作的方式，反映现代都市的光影流动与小丑所处场景的变化，带给观众身临其境的观看体验。

舞台中央设置了一座正方体可旋转房间，房间外墙承担投影屏幕功能，在房屋的旋转中，话剧剧情与演员表演空间实现自然转换，大大丰富了单人剧的戏剧表现形式。2014年8月、10月，《花心小丑》亮相国家话剧院先锋剧场。2019年2月，《花心小丑》再度于国家话剧院先锋剧场上演。尽管"花心小丑"身处社会底层，承受着生活中的种种困难与不幸，但他仍旧以乐观积极的心态憧憬幸福，脚踏实地追求梦想。在悲与喜的交融碰撞中，《花心小丑》以关照现实的人文情怀，将生活的苦难化作诗意，展现出现代都市底层青年正在经历的最渺小的生活与最伟大的梦想。

---

① 李宝群：《李宝群剧作选》，中华书局2013年版，第322页。
② 同上书，第322页。

中国艺术研究院话剧研究所所长宋宝珍评价该剧:"《花心小丑》或许代表了一种路向:在价值取向上,年轻的戏剧人依然抱有人文情怀,依然关注人的灵魂真诚和诗意存在;在形式上,网络时代的多元文化色彩,给他们带来思维的新颖和灵动,他们不拘一格,勇于创新,将会走出一条具有现代美学特色的艺术探索之路。"①

《花心小丑》精彩片段

片段一

〔空黑中响起秀秀的声音。

〔秀秀的声音:咱们三年后见,三年看谁干得好,看谁能活出个样来!

小丑　对,她就是这么说的,三年后见!三年后看谁能活出个样来!知道吗?今天就是秀秀说的那个日子,今天晚上我就要和我的秀秀对暗号了!刚才我为啥和那女明星合影要签名?就是为了晚上给秀秀看看!还有,早上我为啥差点迟到了?不怕你们大伙笑话,昨晚上我一想到今天就要和秀秀见面了,激动得咋也睡不着,折腾到后半夜好容易睡着了,哇哇做梦猜猜我梦见啥了?说对了!我梦见和秀秀见面了!在一小河边,满天满河全是闪闪发光的星星,秀秀向我走来!小话那个甜,两眼突突地直放电,两胳膊搂住我,下边全是慢镜头……我俩一会儿在天上飞,一会儿在河里

---

① 参见中国网正在上演频道:《国话独角戏〈花心小丑〉情人节上演,对小人物的诗意关怀温暖人心》,2019年2月14日。http://shineup.china.com.cn/ycxj/detail2_2019_02/14/1031448.html。

游，那个开心那个过瘾！结果，睡过头了。跳下床撒腿我就往外跑，怕迟到我一咬牙打了个的士花了二十多块钱才赶到公司，不过能做这么一个梦，迟到了挨老板骂几句也值，花多少钱都值！啊，今天晚上这个梦就要成真了！太爽了，现在，我浑身上下突突突地直来电！嗷嗷的！杠杠的！

〔风雪飘飘。小丑上车，重又"行驶"起来。

〔各样的汽车声再次响起。

小丑　这三年我一直记着秀秀的话，不管吃多少苦都要活出个样来！在工地扛钢筋搬木头运砖当小工，在饭店刷盘子洗碗端菜跑腿当小二，大冷天在马路上发传单，大晚上在夜市摆小摊。有过吃不上饭的时候，有过没地方住的时候，也有过被蒙被骗叫天天不灵叫地地不应的时候，可我一直在拼命，一直等着和秀秀见面的那一天！后来一个老乡介绍我来送花公司，说心里话，我不太愿意干，这不成马戏团的小丑了吗？好歹我也是高一毕业，总不能成天给人逗闷子让人取乐啊！可干着干着，我就迷上了这份活儿。虽说老板凶了点工作辛苦点，可穿上这身衣服我就来神，骑上车我就撒欢，这活儿干好了，一样能活出个样来！！！

〔小丑撒欢猛蹬起来。

片段二

〔重重的一声响。

〔大抽屉拉开的声音。

〔一张蒙着白布的停尸床赫然出现在一片寒冷的白色追光中。

小丑　（慢慢上前）我的天！这怎么可能！她还是那么美，那双大眼睛闭上了,闭得这么紧,脸色这么苍白!(伸出手又缩回来)啊,她的脸真凉!大眼睛,我不知道你比我大还是比我小,我是该管你叫姐还是叫妹,看着你这样子,我……你唱歌的样子我现在还记得,你的歌声,还有你对我说过的那些话,你的笑容,你的一切一切我都记得,到啥时候都忘不了!唉,我还想教你魔术哪,教不成喽!你走好吧!(将鲜花轻轻放到床上)照规矩,我该给客人表演,可……我就用我家乡的法子,像我们村刘二姑那样替你念叨念叨,送你一程吧!等等,我把这身衣裳……(慢慢脱下小丑服,露出一身平常装束,又取出魔术棍,围着那停尸床叨唱起来)

天灵灵,地灵灵,

各方神灵都显灵,

带着美女美亡灵,

一道灵光去天庭——

别去南,南边路途远,

别去东,东边有妖精,

别往北,北面血淋淋,

尽管一直往西行——

〔女子的歌声幽幽飘起,和小丑的叨唱交织重叠。

西边灵山十八座,

西边灵河水波平,

好山好水你选一处,

选一处,你把步停,

生时你命太苦,

死后你得安宁——

片段三

〔奶奶的声音：小伟上次回来给我吹的就是这一段，（忽然哭了，绝望地）小伟，奶想你呀！这会儿你在哪呀？！奶天天眼巴巴地等着你回来，扳着手指算着日子等着你回来！奶越来越老了，一天不如一天了，你要再不回来，奶怕是再也见不到你了！

小丑　　奶，你别这样！这可咋好啊，奶，你听我说，小伟哪能不回来哪，他活得好好的，你不都听到他吹口琴了吗？他现在最不放心最惦着的就是你，你老得好好活着，开开心心地活着，等他回来看你！奶，他会回来的。她是不是觉察出来什么了？不，不会的，我费了那么大劲弄的，刚才她都相信了，我都成功了。奶，要不我再给你放一遍小伟的录音？要不，我再给你吹一遍，不，吹十遍！你就把我当成小伟，不，就当你又有了一个孙子，干孙子！奶，（跪下就磕头）从现在起你老就是我的干奶奶！奶，以后我没事就来看你，来给你吹口琴！小伟过段日子回来了，也让他给你吹，让他天天给你吹！（不管不顾地吹起口琴来）

〔奶奶的声音：（琴声中）小伙子，奶谢谢你了！奶老了，可奶还不糊涂，奶心里啥都清楚，奶知道你还有小伟那些同学都怕我想小伟想出病来。你们都是好孩子，天底下最好的孩子，奶听你的，好好活着，奶要等着小伟回来！等他回来。

小丑　　这就对了！奶，你怎么哭了？怪我，都怪我，（打自己）奶，对不起了！

〔奶奶的声音：好孩子，别，别这样，来，你接着吹，奶想听，奶爱听！

〔音乐飘动，小丑围着轮椅卖力地吹起口琴。

〔口琴声声，老奶奶随着琴声轻轻地哼唱起来。

片段四

小丑　和秀秀要说的话我都想好了，我要告诉她我这三年都干了啥，我是咋活的。我要和她说：别看我现在这样，可我一点不比谁差，我有的是力气有的是心气，我能吃别人吃不了的苦，我能做所有人做不了了事，我这一腔血热得发烫，喷出来全世界的雪都能化掉！我肯定能让她过上好日子！然后，我要告诉她一个秘密计划！各位，我这计划老牛了，连我家里人都不知道，我只想讲给秀秀一个人听。（变得无比亢奋，两眼放着别样的光芒）将来，我要开一个花店自己当老板，也像现在这个店一样，雇上些进城打工的弟兄，不光要有像我这样扮成小丑的，还要有扮成孙悟空的、扮成猪八戒的、扮成七仙女的、扮成卓别林的、扮成超人的、扮成蜘蛛侠的……还有米老鼠、唐老鸭、白雪公主……各位，你们想想，这计划多雷人多给力呀！（充满憧憬地）每天太阳升起来的时候，这些全世界最牛的牛人，天上的、地上的、神话里的、故事里的、电影里的，全都杀到大街上，给大家送去各种各样的花，失恋的离婚的让七仙女白雪公主给他送去爱情，胆小的无助的让超人蜘蛛侠送去勇敢，抑郁的觉着活着没劲的让卓别林送去幽默，小朋友过生日让孙悟空猪八戒米老鼠唐老鸭祝他生日快乐，老人做寿让寿星老弥陀佛祝他长命百岁。到了那会，满城满街的人都看着咱们，所有得到鲜花的都夸咱们，那是啥效果？到店里订花的肯定"海"了！电话订货咱接，网上订货咱也接，甭管客户提啥要求，全部接下全部满足！我要让这个城市到处都是花，哪哪都飘着花香！店名我都想好了，就叫"花心鲜花店"，哈哈，那我就成老板了！秀秀哪，就是我花店的老板娘！（模拟秀秀就在面前）秀秀，这计划咋样？对，你没听错，我就是要你来当老板娘！我就是想和你结婚！和你一块圆这个梦，一块过一辈子！秀秀，答应我吧！（做献花姿势）各位，这姿势咋样？（再作出另一种献花姿势）秀秀，答应我吧！太好了，秀秀，我就知道你会答应我的。（倒酒）秀秀，为了这个梦，干杯！再然后，我就请她跳舞！请！（跳起虚拟的双人舞）

〔长椅前，小丑开心地跳着、跳着，沉浸在醉人的想象中。

片段五

小丑　　还是年轻好啊！能工作能挣钱，有的是时间有的是力气可以做你想做的事，你可以不停地向前走向前跑向前飞，饿了渴了一块馒头一碗水就可以顶上几天，受伤了流血了一块创可贴就可以搞定，倒下了躺一会睡一觉爬起来就可以接着走，就他妈一句话：趁着年轻，咱得好好活，好好享受生活！这是强子从楼顶上摔下去的前一天说的。他还说：年轻是一笔大钱，是老天给咱的"小存折"，往外取的时候咱得爱惜，想好咋花、往哪花，往里存的时候更得爱惜，想好存啥、咋存。有人存进去的是善良、诚实、爱；有人存进去的是恨，是嫉妒，是虚情假意。咱得多对别人好，多记别人对咱们的好，这样咱们存折上的数字就越来越多，活得就踏实，就有底气。那天，强子说了挺多话，都像刀子刻在我心里一样，让我记一辈子！

〔萨克斯音乐飘动着。

片段六

小丑　　怎么办？现在我该怎么办？往后我该怎么办？（走向观众席，坐在观众中，开始和观众聊起来）朋友们，你们大伙说说，我该怎么办？这会我真是需要有人给我指指路。妹妹，你说啥？马上去追她？她早没影了，我不知道她去了哪，也不知道她住在哪，连她的电话都……就算我找到了她，我靠啥让秀秀离开那个秃顶回到我身边？光说我怎么怎么爱她，她就会回心转意吗？我比谁都了解她，她想好的事就会做到底！（对另一男观众）这位大哥，你有啥招？不想她了，女的多得是，再去找个！我的亲哥呀，你说得太容易了，我爱了她小三十年，能说不想就不想吗？再说，就我这形象我这情况，哪那么容易就有女孩爱上我？（再对一女观众）姐，你给弟弟指指步。我还有工作，还要挣钱供我妹子上学养活我爸我妈，你让我扛住，别倒下。唉，这回我真是有点扛不了，我扛不住了，姐姐！（抽泣，抹泪，向更多观众）你们大伙都说说我该咋办？阿姨，你是过来人，你说我该咋办？没啥过不去的，干他三年挣了钱开我想开的花店。是呀，我还有一个那么好的开花店的梦，这个梦还没圆。啥？你说三年以后，我成了花店老板，兴许秃顶和秀秀黄了，秀秀又回来了，那，敢情好了。（又渐渐亢奋起来）不过你说的对，秃顶有大林肯，有小别墅，有数不清的钱，这些我都没有，可我有梦，有我天天想夜夜盼的花店！（热烈畅想）全世界最雷人的花店开张了！我成了老板了！十几个员工排成一排，我一声令下，全体出发，城里城外到处是各种各样的小丑，大街小巷到处都是花心花店的鲜花，到处飘着花香……到了那会儿，让秀秀到我的花店来我要让她看看，看看我活得咋样？到了那会儿，我会和她说：秀秀，我活出了人样了！我是全中国全世界最牛的花店老板！！！为了圆这个梦，我也得咬牙扛住！奶奶的，扛得住得扛，扛不住也得扛！！

〔远处的城市渐次亮起灯来，一片，又一片，万家灯火！

〔天上亮起了星星，数不清的星星。

小丑　　（慢慢穿戴起小丑服，取出小镜子，看着镜子中那张小丑脸）你是小丑。小丑是不能哭的！笑，笑一个！（做各样的笑脸）对，要笑着往下活，不管咋样，明天你还得骑车上街，花得接着往下送，路得接着往下走。生活还得快快乐乐幸幸福福地继续下去，必须的！笑，再笑！你是小丑，可你要比谁都"牛掰"地生活下去！从现在起，你要每天对自己说一百遍一千遍：扛住，一定要扛住！还要说，生活啊真他妈美好！（口中叨念着）好，出发！（骑上车高喊）送花了——小丑来给大伙送花了！（大声唱）

小丑　　我心里头百花开楞里格楞

满天的星星当头照

照在了我的脑门上楞里格楞——

〔歌声中，小丑"定格"于舞台上，定格于风雪中，灯海星河中

〔花瓣之雨纷纷飘下，很美，很安静，灿烂而且梦幻。

——摘自《李宝群剧作选》，中华书局2013年版，作者：李宝群

触摸生命的脉动:《木又寸》

一、剧情简介：一颗树的城市历险

作为一部意蕴深厚的现实题材作品，儿童剧《木又寸》用别开生面的人物视角、丰富多彩的艺术手段，感情饱满的舞台语言，向观众们呈现了一个有关人与自然的生动故事。

故事由一棵小银杏树的独白展开，她原本在森林里与众树相伴、与小动物们亲密接触快乐成长，过着单纯的生活。然而因为人类的进逼，栖息地被破坏，她也一夜之间被移植到了一片陌生的钢筋水泥世界。告别了蝉鸣与山鹰，告别了朝夕相处的森林，她历经颠簸，一路上认识了柳树大姐、杨树兄弟、小猫一家和知了，认识了火车、街道、餐厅和公园，经历了拍电影、拆迁、停电……在这个与往日寂静森林全然不同的、以人为核心的世界里，她亲历工业化与城市化进程中人与自然矛盾的不断激化，忍受日夜无休止的城市噪音，目睹一个个伙伴出现又离开，哀叹生存空间的不断缩小，也经历无数次告别：与寂静祥和的栖息地、与彼此挚爱的伙伴、也与在时间流逝中不停成长着的自己……

儿童剧《木又寸》以别出心裁的单人剧表演方式，从小银杏树的视角诠释着世间百态，字里行间传递出作者对生命的尊重关怀，在小观众朦胧的生命观中叩响了独特的音符。

二、鉴赏视角

（一）现实与童话：主创者的社会担当

本剧编剧为国家一级编剧、中国儿童艺术剧院副院长冯俐。冯俐1966年6月出生于江苏徐州，1991年毕业于中央戏剧学院戏剧文学系。中国作家协会、中国戏剧家协会、中国电视艺术家协会会员、中国作家协会煤矿作协副主席、中央戏剧学院戏剧文学系客座教授、硕士生导师。著有话剧《中华士兵》《好人丛飞》，歌舞剧《在那遥远的地方》等，曾获意大利皮兰德娄艺术大奖、中国电视剧"飞天奖"、北京电视艺术"春燕奖""中国人口文化奖"、文化部优秀剧目展演优秀剧目奖、优秀编剧奖等，多部作品参加并分获"我最喜爱的春节晚会节目评选"一、二、三等奖。

近年来，中国当代儿童文学的创作越来越关注自身的话语实践与当下社会现象之间的对接。现实题材是永远面对当下的。作为剧作的执牛耳者，冯俐在《木又寸》的写作历程中始终秉持着关切现实、关切历史的品格："现实题材儿童戏剧创作，是每一代儿童戏剧工作者面对历史、面对未来的责任。这是一项艰巨的工作，也一直是每年的创作攻坚重点。"①

她是一个热爱自然的人，作为新旧世纪交替的亲历者，她也见证了人类对自然的贪婪索取所造成的恶果——自然的和谐被破坏后，人类生存的和谐也随之不复存在。冯俐始终关注并思考着人与自然的关系与命运，不断积聚着热情与想象力，在某个森林公园散步的下午，身处寂静无言的树丛当

---

① 冯俐：《在实践中思考儿童戏剧的创作——以中国儿童艺术剧院近五年作品为例》，《戏剧》2018年第5期。

中，她写下了这棵银杏树的不凡旅程，折射出人类与自然关系的不断改变，折射出关于生命、关于命运的寓言——人类的命运早已镌刻在无言的大自然当中。

冯俐此前在接受采访时曾说，"关心孩子，就不能回避当下生活中孩子们面临的心灵与精神成长问题。"将现实生活中的各种事物筛选、吸纳、融合到文学创作当中，确立作家对现实和社会未来的深刻了解，并向同时代和后代人施加影响，冯俐这一自觉性的历史承担，冲破了当下中国"合家欢""大团圆"剧作的流行旋风，展现了作家对社会关切的合理庄严的内核。

（二）苍凉与温情：笑泪交织的情节变化

与传统的儿童剧不同的是，《木又寸》选取的情感基调不是励志欢乐，大段的情节甚至感伤低回。剧本的开端便是冲击耳膜的电锯声，在刺耳的噪音中，小银杏树面向观众剖白低回展开："这个声音，对于你们人来说，只是噪音，而对于我，这个声音却意味着死亡……"[1] 死亡，一个沉重的起手势，为剧本的脉络展开编织出苍凉的底色。

在雌银杏树的娓娓叙述中，掺杂着深刻体验到生离死别后的心痛与无奈。树哥哥身上斑斑驳驳的奇怪桃形，树兄弟与柳树大姐的死亡，波斯猫一家的遭遇，充斥在背景中的城市噪声，通过银杏树的独白，让每一位观众都感受到生命被摧残践踏的切肤之痛。

剧中，作者向读者反复申述，树是不会走的，要在原地生长几百年、上千年。这样的自然规律被两次打破，第一次是人类的介入，用火车、汽车、树坑、吊车把树木从深山中运输到城市的各个角落；第二次则是银杏树的自

---

[1] 冯俐：《木又寸》，《剧本》2015年第12期。

我突破：在自己钦慕多年的树哥哥即将遭遇电锯蹂躏时，她鼓起勇气跨出了一步，站在了自己朋友的前面。

"树迈出了一步"这一颇具浪漫色彩的举动显然不符合自然逻辑，因而也给读者与观众带来了更大的震撼力，整部剧在此时此刻迎来了高潮。令人惊喜的是，而当年那个牙牙学语的婴儿再次出现了，多年之后，长大的孩子也出来制止别人伤害树木——作者在戏剧结尾抛出了精彩的呼应。当新一代懂得爱护、尊重植物的年轻人出现在历经沧桑的银杏树前时，作者向读者作出了一个充满温情与希望的收手势——它让读者短暂脱离了日常生活的焦心与冷漠，被生命的尊严、人与自然的和谐所打动，在心中也种下了这样一棵树：随着人们"怜悯"之心的复归，人与自然的关系定将更和谐、更乐观。

《木又寸》苍凉的起手势与温情的收手势，浓缩出了一部笑泪交织的人与自然关系变化的历程。这是中国首部对观众年龄阶段进行划分的儿童剧，建议六岁以上儿童观看。就像冯俐在创作谈中提到的，这个戏的目的，就是想"在孩子心中重重地触摸一下"，这样的触摸力度，不是传统儿童剧的感情色彩能够带来的，在面对"分离""成长""死亡"这些更加严肃的话题时，孩子可能会有点伤心，"虽然与孩子们讲述生命的意义有点冒险，但不应所有的儿童剧都成为幼稚的代名词"[①]。

（三）独白与喧哗：大胆创新的戏剧结构

单人剧在目前国际戏剧舞台上已经构成纯粹戏剧的一股主流，其核心就在于，整部戏剧的情境是由一个演员来完成的。在《木又寸》中，小银杏树

---

① 冯俐：《生命的沧海桑田——〈木又寸〉创作谈》，《剧本》2015年第12期，转引尹晓东评语。

的扮演者共模仿饰演 12 个不同的角色,用动作、语言搭建出了一个完整的叙事空间。就像谷海慧所说:单人剧是"最为考验创作人才气、投资人勇气、演员演技、观众耐力的戏剧形式"①。因此,无论是从表演难度还是剧本设计的角度来说,《木又寸》都在儿童剧创作方面迈出了重要一步。

单人剧的结构设置,让舞台上唯一的角色成为冲突集中的对象。从寂静的森林,到喧闹的城市,再到人造山坡,观众的目光始终锁定在小银杏树身上,一同经历着小银杏树的悲欢离合,倾听着细腻真挚的剖白,为她的独特观点与视角所启发;银杏树迁徙的地点不断转换,伙伴的不断出现又离开,也暗示着内在冲突的转移与主题的不断深入——人与自然的关系在不断变化,总要面对不可逃避的成长与告别。《木又寸》的线索单一、明朗、清晰,能够使观众沉浸于小银杏树的遭遇当中,对她的关注其实也是对人类、对自然和人类关系的关注,这样的设置无形中也会加深了读者对主题的理解与感悟。

本剧的创作者用高密度、高区分性的角色模仿弥合了单人剧与孩子欣赏习惯的裂隙。银杏树在自述过程中,对山鹰、柳树大姐、树伯伯与树兄弟、建筑工人等不同角色进行了叙事模仿,他们鲜明的性格特点为独白叙事增添了多重色彩,例如性格急躁热烈的树兄弟、淡漠安和的树伯伯、对停电抱怨不止的建筑工人,不同的声音说出了对同一事物的多种看法,与始终萦绕在戏剧背景中的人类社会声音(各种噪声)构成多声部复调效果,这样的众声喧哗,令剧情的推进不失节奏感与层次感。

---

① 谷海慧:《寂寞与热闹——从〈小话西游〉说独角戏》,《戏剧文学》2009 年第 1 期。

（四）浪漫与孤独：丰富多面的人物层次

对于接受者而言，单人剧是一种寂寞的戏，适于沉思而不适于鼓动，考察的是智力、耐心而不是热情，对于儿童而言更会产生审美疲劳这一不可忽视的难题。为此，本剧编剧在人物的塑造上下了功夫，最终呈现出一棵层次丰富而多面的小银杏树形象，颇具审美鉴赏价值。

这是一棵漂泊的树。从离开树哥哥、离开森林的那一刻起，树"谁也跑不了""上千年站在那里"的命运便终结了，漂泊感源于对自己生长过程的无法掌控，源于对未来的未知感。她被迫躺下、被迫适应坚硬的水泥、被迫接受一次次未知的迁徙之路，人类的无尽改造能力让她丧失了作为一棵树的尊严——

"我觉得好孤独，那种被剥夺了全部自尊之后的卑微的孤独。"①

没有脚、不能走路的树，却给人最深的漂泊感，这是多么奇异。

这是一棵春天的树，她换算成人类年龄，只有十几岁。她娇憨单纯地望着这个复杂的世界，细微的心思随风轻漾，她为柳树大姐柔曼的枝条所惊艳，在停电的夜感受寂静的幽美，为蝉的凄凉一生而落泪，也为小婴儿与奶奶、中年夫妇的善意所感动，这是一棵温暖的树，尽管历经沧桑，她仍伸出全部根须与枝叶，试图去感知这个世界巨大的善意和温暖，小银杏树以无数个诗意而温暖的生命瞬间，向读者散发着勃勃生机与无尽温情。

这是一棵与儿童平视的树，从树出发看待世界，小银杏树也总是带着细腻感人的儿童视角：

---

① 冯俐：《木又寸》，《剧本》2015年第12期。

"要知道树与树之间是要谨慎的,因为谁也跑不了,一旦搞僵了,那就意味着要上千年地僵持下去,那会很难受。""我终于真真切切地体会到泥土中他给我的一个重重的回握……我知道……作为一棵有着最高傲的自尊的树,哥哥在跟我诀别……"①

这些富有想象力与生命力的描写,让小银杏树所经历的生离与死别,虽然哀婉却不凄凉,让观众体验到生命的韧性与尊严。

小银杏树的形象特色是复杂的,它既符合儿童剧观众的心理预期——可爱、娇憨、生动,又承载着折射人与自然关系变化的作品使命,因而也带有沉重又浪漫的诗意。这两个方面相互交融、彼此呼应,让单人剧的核心变得立体而丰富,极大地提升了作品的审美体验。

(五)自然与命运:生命主题的再探讨

"剧名《木又寸》,源自训诂学的形训——树木被接连砍伐,最后仅剩一寸;但另一种解释则是木又寸则合为树,树木都是一寸一寸成长,成为大树,成为栋梁之材。木又寸——似'树'非'树'全凭人来决定。"②

这不是一部单纯强调环保的儿童剧,它的主题全然打破了"人本位"的狭隘观念,强调宇宙万物与人类的和谐共生,将所有生命置于平等地位去思考,学会尊重自然规律。作者不断采用脱离人类视角的新颖笔触去描写当下的社会环境,以新颖的启发性让人眼前一亮。例如,在城市飞絮问题上,作者没有囿于人类困扰而随声加以谴责,而是以优美的笔触描写飞絮的诗意

---

① 冯俐:《木又寸》,《剧本》2015年第12期,第43、46、53页。
② 冯俐:《生命的沧海桑田——〈木有寸〉创作谈》,《剧本》2015年第12期。

美,并告诉孩子们这是杨树和柳树生命形式的一种表现;停电的夜里,建筑工人气急败坏,而这难得的黑暗却让人回忆起寂静幽美的森林……而人们为了生活更加"舒适"为柳树强行嫁接雄性树冠、密集种植植物、随便撒鼠药,让小银杏树看到活泼的柳树大姐萎靡不振,银杏树兄弟心碎而死——人类虽然便利了自己,却给其他生命带来无尽的痛苦与伤害。这样细腻又奇特的描写,在本剧中比比皆是,不断推动着读者接受平等共生的生命观。

整部剧的中心压在一个词——生命,从生命的尊严与权利出发,我们能从剧中品悟到作者对那样一群被迫迁徙的植物的悲悯,对所有人类的悲悯。孩子们在剧中与小银杏树一起迁徙、挣扎、思考,在这个过程中学会了尊重生命,也学会了面对苦难如何依然保持韧性与尊严。最后,作者也在用这样一棵小银杏树隐喻着社会上的每一个人:幼年生长在故乡的土里,一路颠沛流离,不断被命运打散,被一双看不见的手推往远方。我们不断告别,告别少年时光,告别青春记忆,就算一次次在被社会条条框框和世界的普世规则中被打败,却应该始终秉持生命的尊严与生存的韧性。而最可贵的是,这种非常有价值的主题,正在被中国的小观众们慢慢接受,就像 2015 年首演后一位小观众说的那样:"这棵树以后会种在我的心里。"可以说,这是一部"真诚的戏剧,用明丽素洁的光来照亮人性和社会的阴暗角落"①。

三、演出情况及具体影响:一封来自中国的温情信笺

银杏树在漫长的生物进化过程中,是一个孤独的赢家,它是中国的特有

---

① [美]罗伯特·麦基著,周铁东译:《故事——材质结构风格和银幕剧作的原理》,天津人民出版社 2017 年版,第 6 页。

树种,在这颗星球上独自走过了上亿年。2019年,《木又寸》带着这枚植物界的国宝名片,带着这株90岁的年轻银杏树来到了罗马尼亚,登台布加勒斯特市中心的"小矮人"剧院,应邀参加第15届布加勒斯特国际动画戏剧节,呈现出与中国传统儿童剧截然不同的舞台样貌。写意灵动的舞台设置、灵活自如的时空转换、精湛夺目的演员班底,一经展演便为惊艳之作。银杏树,作为一枚连接着中国韵致与生命韧性的独特信笺,展现了中国现实题材儿童剧的不俗实力与创新精神,受到观众和专家诸多好评,并荣获该戏剧节"最佳当代戏剧剧本"奖,名列戏剧节获奖名单榜首,这也是中国首部现实题材儿童剧在国际赛场上斩获奖项。

作为一出寓言式的单人剧,《木又寸》为中国儿童戏剧现实题材创作提供了示范性作品和有价值的经验,它打破了手法与视角的束缚,面向最富可能性与创造性的小观众们,指引着中国的儿童剧往更欢欣光明的未来走去。

《木又寸》精彩片段

片段一

〔电锯声打断了银杏树的话,她忍受着,直到声音停止。

银杏树 我说过,我是一棵生在山里的树,曾经!在我九十岁之前……九十岁对于我们这样的树来说,等于刚刚成年,大概,就相当于你们人类的十几岁。因为我们很容易就能活上千年。"春有百花秋有月,夏有凉风冬有雪……"这是我跟一棵银杏伯伯学的人类的诗句,用来形容我的生活非常准确。所有的树,无论老少都是这样单纯地活着的。直到有一天,我看到了一群人。那群人男女老少都有,他们扛着好些东西,然后有一个好看的男人和一个好看的女人走到一棵树前面，用刀子在离我不远的那棵树上刻下了两个挨在一起的桃子形状。然后，又有人用刀子把两个桃子形状刻得更深、更清楚，然后又有人扛着个黑盒子对着那棵树比划了半天……两颗桃形伤口令那棵树一直流着透明的血。我看到那棵树在受着疼，同时也第一次发现，那是一个树哥哥，那哥哥长得那么好看……后来，那群人离开了。见多识广的山鹰说，那群人做的事情叫……拍电影。拍电影为什么要伤害一个好看的树哥哥呢？嗨，你还疼吗？我摇动着枝叶，问他，但他只是垂着头。他垂着头的样子真好看。他一定可以感觉到我的目光，可却始终那么骄傲地在空中挺立着，在土里安静着，仿佛我那尽力伸长的、试图从泥土中去接近他的根须只是……几只路过的蚯蚓。我不敢轻举妄动了。要知道树与树之间是要谨慎的，因为谁也跑不了，一旦搞僵了，那就意味着要上千年地僵持下去，那会很难受。所以……用那两个在树上刻字的人的话说："既然不能相濡以沫，那就不如相望……江湖"了。反正……未来的日子还长得很……只是，从那以后，就开始不断有年轻人成双成对地来到山上，只要找到那两颗桃子形状的疤，他们就会一起在他身上再刻上大同小异的另外两颗桃子……每一次每一刀刻下的时候，我都能感觉到他的疼，一次又一次，我会跟着疼，但我什么都不能说。

〔远处传来多把斧头砍树的声音。

片段二

〔电锯声，推倒大树的号子声越来越近。

银杏树　人们真的砍光了那座山上的树来到了我们这座山。电锯声从早到晚地响着，我看到一棵棵大树被腰斩，透明的血液令空气中充满了人们认为的清香。开始我会不时地望向他，但他的姿态始终那么骄傲又那么勇敢。

于是我也跟着勇敢起来。直到……人们真的来了……

人们在我和他之间来回走着看着，最后都聚到了他的身边。我的心揪到一起，忍不住大声地嚷着：砍我！砍我！砍我吧！可惜这些人听不懂，他们的注意力好像全都在那些大大小小的桃形刻痕上。

我真想跨上一步挡在他的前面。但……我是树，我不能跨上哪怕一小步。

突然，我的根须被轻轻地触动了，我的心像是触到了闪电！

在泥土的下面，他奋力地伸出他的根须末梢抚触着我的，他是在向我告别吗？我听到他轻声对我说（模仿树哥哥）："嗨，别担心……你知道吗？每一次我忍受疼痛的时候，都会看到你的心疼。你知道吗？因为有了你这样一位小朋友，就算没能活到两千岁三千岁，我也满足了……不——不要、不要——"

原来，那群人离开了他走到了我的身边。他的脸上第一次现出惊恐并且大叫着（模仿树哥哥）："不要去碰我的朋友！你们来砍掉我吧！你们来砍掉我吧！"现在，平静的是我了。我回握着他的根须：嗨，哥哥，别担心……即使我死了，我也知道自己有过一位真正的朋友……

只是，人们这次没有用电锯斩断我的腰，而是用锹挖起了我周围的泥土。嗨，你们要做什么？！嗨……他们到底在做什么？人们用铁锹挖开了我身边的泥土，斩断了我的根须，那被斩断的根须正被哥哥紧紧地握着。我看到他的眼睛里充满眼泪。然后，我就被人推着，轰然倒下……

〔大树被推倒的声音。

片段三

银杏树　一转眼，春天又来了，柳树大姐的美丽出乎我的意料。她不仅换上新装，在春风中袅娜着柔曼的枝条，更动人的是她还会扬起许许多多的柳絮，像雪一样洁白却比雪还轻盈。透过漫天飞舞的柳絮，这灰蒙蒙的世界都跟着美丽起来。你真美，我说。在山上我见过的柳树不多，更没有见过你这样会天女散花的柳树。从前，我以为只有蒲公英是这样播撒种子的，没想到您也是。

（模仿柳树大姐）"傻大个儿们也一样。杨絮柳絮都是会飞的种子。"哦，会飞的种子，作为一棵树我真的好羡慕你们……我好希望我身上的某一个部分也会飞……我闭上眼睛。在漫天飞舞的柳絮中想念着山里的冬天和春天。恍惚中，漫天的柳絮变成了漫天的成双成对的桃形。

〔飞扬的音乐声起。

然而，人们跟我的看法不一样，他们中的很多人好像很讨厌这些飞絮，于是，当年的秋天，那片杨树被挖掉了。虽然它们不是被腰斩的，但人们连根挖出它们时的样子，我不确定接下来它们是会被移栽？还是变成几根木头？直到被车拉走的时候，我看到他们都带着一脸的不解和愕然。柳树大姐的遭遇更怪诞，她被嫁接了。人们在她的树干上嫁接了一棵雄性柳树的树冠……现在，我真的不确定是应该叫她柳树大姐或是柳树大哥……

（模仿柳树大姐）"他们说，这样我就不会再生出柳絮了。"它用变得很粗的声音说了这样一句话，从此，就再也不肯出声。曾经活泼迷人的柳树大姐从此变成了一棵沉默的垂头丧气的柳树。无论我再跟它讲什么，它都一直垂头丧气地沉默着。

片段四

〔食料投入热油的声音，烹炒的声音。

银杏树 而住在我们身边的人们却过得越发有滋有味。原来的住家变成了门脸房，一个小餐厅热火朝天地开办起来。哦，现在我才知道从前不时倒进我们树坑里的洗脚水、洗衣服水有多么可贵。现在每天倒进我这树坑里的你知道是什么吗？是滚烫的热油刷锅水！当然，比起柳树，我还算幸运，因为每天晚上会有一个烧烤的炉子架在它的身边，眼看着，它的一面树皮被烤焦了，它的一半叶子掉光了。后来，它死掉了。死之前它用嘶哑的声音说了最后一句话："树……要是有腿……该……多……好……"是啊！是啊！树要有腿该多好！我要是有腿我早都逃跑了！现在，你们看看我的样子，每一片叶子都油腻腻的，一身葱、蒜、泔水的味道，活得哪儿还像棵树！我觉得好孤独，那种被剥夺了全部自尊之后的卑微的孤独。我不可克制地想念着那座山——我的故乡；想念着那棵美丽的树，但愿他一切安好！如果注定是要离开那个地方，我宁可他被腰斩而不是被移栽。不要像我，我现在就像——我听说过的那个叫作动物园里的可怜的动物。

片段五

银杏树　　我不解地下意识地望向伯伯。伯伯老泪纵横地说：从前总听说树是有心的，我一直将信将疑。现在我信了。这位树兄弟真的……心碎而死了。树？心碎而死？！

那就让我也一起心碎而死吧，总比眼睁睁地看着这几只小猫一点点饿死了强！

可是，我的心却只是痛着、在小猫的叫声中剧痛着，没有碎掉。大约是第三天，半夜时分，被树兄弟称作老大的那只小白猫拼了最后一丝力气，居然用它那纤细的四条小腿爬上了隔离着树和路的栅栏。它摇摇欲坠地站在栅栏顶上冲着时常开过的汽车虚弱而绝望地叫着。车灯一盏一盏地晃过去，没有停下来的。也许根本就没有人看到它。那栅栏顶上的地方很小，不够放下它的四只小爪子，眼看着它随时都会掉下去。或者掉回窝边或许掉到路上，如果掉到路上，它会被碾成一小坨肉泥……

有一辆车减速了、减速了……但终于没有停下来，终于开走了。那只小猫像是知道一样冲着那开走的车望着，已经没有了叫的力气，也快没了用两只半爪子支撑全身的力气……

此时，我一心只盼着我的心也能像树兄弟一样一下子碎掉……我看到了什么？刚才减速的那辆车居然倒回来了，一直倒到了小猫跟前，一个年轻的女人跳下车，小心翼翼地抱起了老大。车上有男人等着她，那女人用她挂着泪水的眼睛望着车上的男人。那男人从车的另一边下来，绕过车，翻过栅栏，在死去的树兄弟的脚下找到了另外四只小猫并且把它们一一递给那个女人……

（模仿树伯伯）"阿弥陀佛，善哉善哉。阿弥陀佛，善哉善哉。"伯伯以前所未有的声音一遍又一遍地诵读着这两句话。我听不懂，但我却情不自禁地跟着喊了起来：阿弥陀佛，善哉善哉。阿弥陀佛，善哉善哉……

树兄弟，你……可以安心了……

片段六

银杏树　随着人们的大喊，电锯停了下来——旁边的人太快地发现拿电锯的人搞错了切割对象。那拿电锯的人被众人骂着，不断地检讨并且摸着自己的额头说（模仿拿电锯的人）："真是邪了门儿了，我一定是中了暑昏了头……"

他们找来了什么东西涂在我那新鲜的伤口上，令我的伤口变成一条白色的补丁，然后，他们再次拿起电锯，走到他的身边……这个时候，我终于真真切切地体会到泥土中他给我的一个重重的回握……我知道……我知道……作为一棵有着最高傲的自尊的树，哥哥在跟我诀别……

我眼睁睁地看着他在我的身边被腰斩、然后，轰然倒下……

当他轰然倒下的时候我的眼前一片漆黑……

当我再一次醒来的时候，他……只剩下了一截树桩。可是……我看到了什么？我看到了他的年轮，每一道年轮中间都密密地印满我的影子……你听到一声闷响吗？我的心……终于碎了……

我的眼前一片漆黑……

我还没有死吗？可我明明听到我心碎的声音了……哦，是有人关掉电锯的声音。我那树哥哥还在！它没有被腰斩？

关掉电锯的是个年轻人，有点眼熟。他在大声对那些人说（模仿年轻人）："这棵树还没有死！没有死就不能锯。我奶奶说树也会疼的……"

他好像……他好像是那个在我身上磨牙、蹭口水，后来又想在我身上刻飞机大炮的孩子。真的是他！

他都长成大人了。而且，能够让别人听他的话。

他说（模仿年轻人）："你们看看，这是一棵多么好看的树啊！"他抚摸着那些变了形的桃子形状。"我奶奶说了，每一棵树都会比人活得更久。树是我们的过去，也是我们的未来。从有人类开始，树就在帮助我们，却从来不需要我们的帮助。我们能做的……只是尽量让这些树自然地生长……也许再有一个春天，它会自己缓过来的。"

他真的能自己缓过来吗？我正想着，突然感觉到我在土里的根须再次被回握。

哥哥？你还活着？你真的还活着！他再一次回握我的根须。

我用人类听不到的语言兴奋地对他说：我刚才急火攻心昏过去了。昏迷中仿佛看到你被锯掉了。还看到了你的年轮，上面密密地印满了我的影子……

他轻轻点头（模仿树哥哥）："你在我的心里，就像我在你的心里一样。"你终于开口说话了！

他再一次轻轻点头（模仿树哥哥）："也许，可以活下去，因为，开始有人懂得我们了。就像这些一直在心疼着我们的孩子们……

〔面向观众。

银杏树　　你们都懂得我们了是吗？你们都是我们的朋友了，是吗？有你们这样懂得我们、心疼我们，活着，真好。

——摘自《剧本》2015年第12期，编剧：冯俐

错乱时期的诗篇:《一个女人或疯掉的历史》

一、剧情简介：钢铁森林中的自然幽灵

《一个女人或疯掉的历史》主要讲述了主角王香粉在都市中迷失自我、变得面目全非的过程。她原本生活于森林之中，作为一介自由的灵魂，她的生活中只有为了保留美而进行的奔跑与睡眠。在抵达南方的城市后，她渐渐遗忘了曾经拥有的野兽般的生存本能，被男人欺骗，失去了爱，也失去了判断力。城市中的王香粉怀念东北的森林，怀念曾经自由、真诚、充满活力与热情的自己，为了回到自己的精神家园，王香粉开始收集报纸，"虽然，它无数次地被毁掉！但毁灭不是也意味着重建吗？"[①] 但她终究没能回到遥远的家乡。

王香粉一次又一次地受到欺骗，她的第一任丈夫酗酒、沉迷女色，第二任丈夫则委琐困顿，令人不屑，之后又始终怀疑她不忠，限制她的自由，不断地迫害她。在这一过程中，王香粉逐渐精神失常，她认定自己的丈夫已经变成了魔鬼，把丈夫吃海鲜的动作幻视为吃人，在谵妄中杀死了自己的丈夫。王香粉因此被送进了精神病院，在其中持续地接受电击的"治疗"。原生态的自由灵魂走进都市，很快便被现代的、城市的规则摧残得面目全非，文明对自然进行规训与惩罚，王香粉始终不肯放弃自己"野兽般的生存本

[①] 赵明环:《一个女人或疯掉的历史》,《戏剧文学》2005 年第 1 期。

能",始终未能适应城市的虚伪与冷漠,最终只能作为疯癫的患者,被关押在精神病院中。

二、鉴赏视角

(一)情节分析:出走城市后不可承受的生命之重

《一个女人或疯掉的历史》是一出带有荒诞风格的单人剧,按照时间顺序整理下来,她的人生大约有这样几个阶段:一是森林阶段,这时的王香粉生活于东北的森林中,自由坦荡,无拘无束,而那也是她再也无法返回的家园。随着森林的被毁,她失去了家园,被迫转入第二个阶段:小镇阶段。

在这个时期中,她来到了东北的小镇,与那些淳朴而野蛮、却毋庸置疑充满生机的人生活在一起,她憎恨东北女人被贴上的刻板印象,厌恶冰天雪地中的绝望与悲哀,却深爱着那片土地上"能让你在这个世界上活下来的力量"。[1]

随后,她来到了南方的大城市,进入了人生的第三个阶段。她曾对这里深感好奇,认为一切新鲜,空气都与北方不同,却在生活中渐渐腐坏变质,被欺骗、被利用,最后沦落为疯子与杀人犯,此后,她走入了人生的最后一个阶段:精神病院阶段。在精神病院中,她只能听着空洞的哨音,抱紧装满报纸的铁桶,一边回忆过去,一边在脸上涂抹脂粉。传唤病人的尖锐口哨声在精神病院也在舞台上回荡,如同梦魇。

---

[1] 赵明环:《一个女人或疯掉的历史》,《戏剧文学》2005年第1期。

（二）戏剧结构：非线性的荒诞叙事

《一个女人或疯掉的历史》由主角"王香粉"的独白作为叙事主体，而王香粉作为一位被设定为精神不正常的角色，其自陈的荒诞性和混乱感是可感的。整部剧如同王香粉的呓语一般，不符合时间的流逝也不符合空间的推移，叙事中夹杂着大量抒情式的叹词。在《一个女人或疯掉的历史》中，情感的变化没有预兆，时空的存在也不稳定，前一段还在混乱、拥挤的南方大城市里，下一秒就随着王香粉的回忆，回归到了东北广袤的森林之中。

在这部戏剧中，叙事是自由流动、不断变化形状的，唯一的线索只有王香粉对报纸的索求：在戏剧开场时，她独自坐在一把椅子上，面前放着一个插着报纸的铁桶。在独白的过程中，她不断站起又坐下，在舞台上四处走动，却始终紧紧抱着这个装着报纸的铁桶，在独白中也不断询问听众："有报纸吗？"报纸是森林的遗骸，也是王香粉在都市中唯一的寄托，她靠收集报纸来维持理性尚存的幻象，告诉自己报纸是森林，是她与初恋相爱的誓言，也是重生的允诺。在回忆南方城市时她询问"有报纸吗"，在陈述自己如何被男人欺骗的时候她询问"有报纸吗"，在怀着爱与憎恨描述东北的小镇时她也在询问"有报纸吗"，似乎她的人生只剩下两部分：混乱的过去与收集报纸的现在。而读者凭借字里行间的暗示，并不难体会到这一点：王香粉执着于报纸的状态还会持续下去，持续到无限久远的未来。她的生命已经被都市折磨到破碎不堪，过去、现在与未来，一切都在她的脑中被打碎重组，再也无法分开。《一个女人或疯掉的历史》的重点并不在于叙事，而在于对王香粉生存状态的表达，因此它是非理性的、无逻辑的，只有骤然转变的感情基调，提示着观众她所受到的迫害。

(三) 人物形象塑造：都市中的异常者

《一个女人或疯掉的历史》是一部以"王香粉"为主角的单人剧，她是一个典型的被现代社会所异化的形象。王香粉原本生活于东北的森林之中，过着坦荡而自由的生活，忠实于自己的爱恨与欲望，原始但富有生机地活着。但随着对环境的开发，森林被砍伐，王香粉失去了她的家乡，不得不向城市迁徙。她先是去往北方小镇，又南下前往大城市，在走入现代文明的过程中，她失去了自己赖以生存的东西：判断力和爱。王香粉沉浸在与男性的一段又一段恋情或肉体关系中，她将陷入恋情比喻为投井，这井或许是陷阱的阱，从森林中走出的王香粉是天真的，无从看穿都市人的虚伪，她相信爱的言辞，却被一次次欺骗，她有过两段婚姻，却相继失望，甚至以杀人犯法的血腥场景告终。王香粉始终思念家乡，思念那片遥远土地上的蓬勃生机，思念曾经淳朴而热烈的生活，但森林已经被砍伐殆尽，王香粉无家可归，只能化身为错乱的幽灵，在城市中游荡。

王香粉固然是一个不断遭到异化的形象，却也始终保留着最原初的品质，她始终是森林的孩子，不论在城市中遭受怎样的压抑与迫害，只要有机会，她就要尽其所能地反抗！王香粉憎恶虚伪的爱情，嘲笑道德的迂腐，在发现第二任丈夫的委琐低劣之后，她在愤怒和羞耻中跳下火车，只因为"我只知道我再也不能看到这张脸了"[①]。她的丈夫企图关押她，以荡妇羞辱的方式洗脑她，王香粉曾一度迷失在这段枷锁中，自我质问自我怀疑，却在见到某个修锁工匠时被唤醒了欲望，毫不犹豫地袒露自己的身体，只因为修锁匠来自乡下，身上还带有自然的气息。她的肉体毁坏了，全身感染甚至不得不

---

① 赵明环：《一个女人或疯掉的历史》，《戏剧文学》2005年第1期。

锯掉自己的双腿，她的灵魂却随之得到了无限的自由，她宣称自己从不后悔杀掉了自己的丈夫，因为他已经变成了魔鬼。在故事的最后，王香粉轻盈地穿过与丈夫同居的房间，穿过"报纸的森林"，在疯人院的电椅上高声呐喊："来吧！你们这些家伙！把我带走！把我绑在椅子上，堵上我的嘴！用你们的手杀掉我！"①

"我盼望死去！因为我将永远活着！"②

（四）本剧的戏剧语言特色：清醒中的梦呓

《一个女人或疯掉的历史》最大的语言特色在于其口语性及荒诞性。这部戏剧以主角王香粉的自述为主体，都是王香粉的回忆与感情直露。而王香粉又是都市视角下的疯子，其发言注定带有荒诞和混乱的特性。她的回忆没有逻辑，似乎全篇都是想到什么就说什么，不讲究时间：她并没有按照家园被毁——前往小镇——前往南方城市的顺序进行叙事，而是漫无边际地陈述，从肉体与青春之美转到报纸的功用，再一转而到爱的缺失，没有任何征兆，也不讲究因果，只是随着她的情绪而起伏。在剧中，她时哭时笑，时静时动，把喜怒哀乐全部演遍了，而令人印象最深的则是那些情绪激烈的词句："黑色适合解放！土地适合奔跑而不是播种！灵魂适合苦难而不是口香糖。我喜欢黑夜！喜欢奔跑！可现在，我再也不能奔跑了。"③剧本中许多台词都以叹号作结，语气强烈，准确地表达了王香粉对城市的不解与控诉。

除此之外，本剧还具备着相当的象征性，报纸是森林，情欲被比喻为鸽

---

① 赵明环：《一个女人或疯掉的历史》，《戏剧文学》2005年第1期。
② 同上。
③ 同上。

子,跳入男人的怀抱则如同跃入深井。人物的行动也是一种隐喻,收集报纸是由于她渴望回归家园,涂脂抹粉则暗示她已经受到现代文明的规训,无法返回最初的状态。以符号代替实际所指,使这份自白书似真似幻,在梦呓般的自白之外,这一切的隐喻都为故事涂抹上了一层虚幻迷离的色彩。

(五)主旨演绎:自然之不可追

《一个女人或疯掉的历史》的主旨是非常明确的,通过主角王香粉的遭遇,作者批判了都市文明的冷漠与虚伪。在王香粉看来,欺骗与利用是城市的规则,不能适应就会被无情地淘汰掉:"羞涩的眼神必须要被厚颜无耻代替,柔软的内心必须要变得冷漠,否则就会被吞噬掉!这个世界,是不允许那样的眼神和目光存在的。"[1] 人们不仅相互利用,在爱情上也彼此欺骗,王香粉将真心赠予他人,得到的却是一次次的欺诈与失望,最后她失望地说:"这个世界上不存在真正的爱情。世间存在千万真实,但都市人被假象所蒙蔽,他们的耳朵是关闭着的,无法听到真正的声音;眼睛是睁开的,却总是视而不见。他们所追求的似乎都是一场捕空。"[2]

作者同样批判了所谓的"道德"对人性的压抑,王香粉作为森林中的住民,她是自由的、不受约束的,随意地爱,鲜明地恨,毫不胆怯地交出自己的身体,她认为爱应当全身心地投入。而城市的代表:她的丈夫则千方百计地约束她、关押她、监视她,无所不用其极,都市人的约束欲已经成为变态的典型。

在剧中,主角王香粉代表自然与不拘束的本能,人类对森林环境的破

---

[1] 赵明环:《一个女人或疯掉的历史》,《戏剧文学》2005年第1期。
[2] 同上。

坏使她无家可归，被迫出走城市，并在城市中被扭曲成一个不伦不类的怪胎，城市与自然形成一对矛盾，前者是扭曲的、割裂的，后者是纯粹的、不拘束的，人类破坏了环境，也破坏了自己生存的原初状态，自然已经不复存在，而被城市异化的人类也无从返回自然。就此看来，这确实是一出现代悲剧。

三、演出情况及评价影响：备受瞩目的新秀之作

《一个女人或疯掉的历史》于2006年被改编为话剧《镜子，女人》，由新锐导演筱铭、陈晓峰导演，胡连华为台词指导，于雪、邓丽丽为动作指导，任红军和胡广泉担任作曲和大提琴演奏，主演为林琳。《镜子，女人》荣获第六届大学生戏剧节优秀剧目参演奖，并受到中国戏剧家协会党组书记董伟，先锋戏剧代表人物、著名戏剧导演孟京辉，著名戏剧理论家、戏剧翻译家叶廷芳，著名戏剧理论家童道明等专家的高度评价。

北京戏剧家协会秘书长杨谦武如此评价道："这部戏无论是编剧、表演、导演都具备相当专业的水准，跟我们整个北京的小剧场演出都是毫不逊色的，甚至有过之而无不及。今天看到的这部戏的特殊意义就是它的试验性、探索性，可能让北京的观众和戏剧界重新感受对艺术，特别是精神层面的重温，甚至是一种再现，对大家是一种鼓舞。"[①]

---

① http://ent.sina.com.cn/j/2006-09-13/17291245914.html.

《一个女人或疯掉的历史》精彩片段

片段一

〔昏暗中，一个女人开始讲话。

我叫王香粉，我三十岁。以前，我不喜欢这个名字。因为它土气，还有点不正经。还因为有一个人也叫这个名字，人们都很讨厌她，我是说那些女人们，但男人们喜欢，他们叫她大香粉。

〔停顿。

有一段时间，每天，我都提心吊胆，担心有事情发生，可事情还是发生了。一天早晨，我醒来，听到了大街小巷到处都在叫着：小香粉——开开门！小香粉——开开门！！那声调真让人羞耻！我冲到街上，他们很明智，看到我手里的刀子，就都闭嘴了。

现在，我不这么想了，我开始喜欢这个名字了。不，是爱！爱这名字，爱得都让人掉眼泪，就像对家乡的感情。当然，明白这点挺不容易的。我付出了很大的代价！有时，想到这点，真让人绝望。我知道这是一种不良情绪，我曾努力摆脱，但收效甚微。

〔沉默。

〔灯光渐亮。穿着旧裙子的女人坐在一把椅子上。她的前面放着一个插着报纸的小铁桶。

近来，我常常睡觉，不停地睡，我是说我的肉体，人到了一定年龄，肉体的感觉就是件糟糕的事了。

肉体的用处是什么？如果我还年轻，我会说，用来干那种事儿！

现在，我不这样说了，因为你年龄越大就会意识到，这世界是有很多超越肉体的存在，譬如灵魂，所以，现在我说，肉体的作用是负载灵魂，就像土地负载万物一样。虽然，那灵魂通常被一层层肥油所包裹，甚至永远无喘息的机会，就像埃及的木乃伊一样。

当然，这更能说明的一种事实就是，你老了，离死亡越来越近了。只好用更多的时间想灵魂上的事儿了。

〔她笑了笑。

曾有一个时期，我是说我年轻的时候，我曾经非常热爱我的肉体，因为它很美，充满活力，生机勃勃。当然，那是过去的事了。

为了保住这种美，我费尽心思，想尽各种办法。最后，我想到了跑步。于是，我撒开两只手开始往前跑，我跑啊跑，不停地跑，跑得大汗淋漓，精疲力竭却兴奋异常。我越跑越快，越跑越长，像美国电影里的阿甘那样。人们把他的跑步说成是一种人生的境界，（摇头）不，不是人生的，是青春的境界！他，阿甘！不过就是个想留住青春的男人罢了！

片段二

〔女人自嘲地耸耸肩。

无家可归，这就是我的现状！

我曾有过一个家，我是说在这个炎热的城市里。是的，有过一个家！我说过，我曾年轻过，非常的年轻。人年轻的时候，常常处于混沌之中，这种状态让你迷惑和焦躁。这常常会被人所利用，尤其是男人们。于是，有一天，一个不知从哪儿跑来的男人对我说，你的问题出在没有爱情的缘故上。后来，为了更好地帮助我，他竟然搬到我的房间来了。这，似乎是个好办法，我是说短时间内，你以为问题解决了，但时间一长，你才会发现，一切依旧。

〔她垂下眼睛，又抬起。

很久以来，我不明白他为什么要那样说，如果他说你的问题出在没有性生活的缘故，也许我会原谅他。可他偏偏说出了"爱情"这两个字。

我不知道别的女人是怎样解释自己的问题的，我没有女性朋友。报纸上你只能看到图解化的言语，我可以看透所有事情，唯独在这件事情上，我无法做到。

〔脚步声走来，鸽子飞过的声音，女人站起，侧耳倾听。

有报纸吗？

那，鸽子呢，你有鸽子吗？

〔她大笑了起来，坐下。

鸽子，一种可爱和安静的小东西。雪白的羽毛，红色的小小爪子，还有灵活转动的眼珠，怎么样，是不是很美？

而且充满活力！不过，十七岁那年，我可不这样认为！那时，我觉得害怕！是的，我怕这些小东西！

"欲望"，起先出现的是这个词。然后，它就开始反复出现，怎么也无法摆脱。我不明白那是怎么回事，为什么我要不停地想这个词呢？我的情绪变得很坏，担心别人问我，忽然间，我想到为什么不用别的词代替呢？于是，"鸽子"这个词就出现了，于是，"欲望"变成"鸽子"，又在我脑中扎下了根，反复出现，每天都是这样。尤其是晚上，我整晚地躺在那儿，激动不安，反复想那个词。"鸽子""鸽子""鸽子""鸽子""鸽子"我脑海里的"鸽子"越来越多，还有我身体，每个细胞都住进了一只"鸽子"。而且，每只鸽子都不停地煽动着翅膀，一小时接一小时地飞着，一点都不知疲倦！这使我无法入睡，要是人无法入睡，那就离疯掉不远了。

于是，有一天，我承认我有点疯了。我再也无法忍受下去了，在极度羞耻心的驱使下，我从厨房拿来了一把刀。（她在腿上比划了一下）我在这地方割了一刀，血一下子就涌了来！真吓人啊，它流个不停，不停地流，真像是要流尽了。

我的确可以入睡了，我睡啊……睡啊，一个梦都没有，仿佛整个人都沉入了大海深处，好沉的觉啊！

〔她慢慢闭上眼睛，少顷，她睁开眼睛，努力地克服困意。

肉体从来就是伴随欲望，而欲望则如同大海，无边无际、永无止境。因此，必须有所约束。但不是靠道德，那些没有灵魂的人或者活着的死人制定的道德。但恰恰这就是事实。残酷的事实。人们为此付出了代价，可怕的代价！尤其是女人们。

片段三

〔沉默。

我曾经有过一个初恋男友，后来，他成了我第一个丈夫。那是个年轻的男孩。头发长长的，他热爱写诗，他对我说他的诗是写给未来的。我们一起把他的诗装到铁皮盒里，用雨布包好，埋到一棵树的下面。那时，在我的眼中他是多么的与众不同啊！我喜欢他，我跟他接吻，拥抱、抚摸。因为他对我说，如果爱上了，就应该全身心地投入，我爱他，所以，我就全身心地"投入"了。就像纵身跳入一口水井。而且，一下子就沉入了井底。可是，不到一年，他就变了，完全改变！每天夜里出去，清晨时醉醺醺回来，身上全是酒气和女人的味道。

从此开始，一切就开始改变了。那时，因为年轻，并不知道这意味着什么，不知道这是厄运的开始。当你失去判断力，但却要命的没有失去勇气的时候，可怕的事情注定就会发生。

是的，那会儿，我只是感到有点奇怪，不知道奇怪就是失去判断力的第一步。那时，我实在太年轻了，那点点的奇怪很快和勇气一起转化成了一只只飞翔的鸽子。太多的鸽子了，太多的爱了！多到你的身体无法盛下。多到每结识一个新男友，就投入了一口新的井里。我不停地投着井！出了这口井就跳进了另一口井！像跳水运动员一样"噗""噗"地跳着！

真是不可思议。那时，我竟然有如此的活力，如此的激情，每天都是像在过节，无与伦比的狂欢节！

这就是年轻时，你还拥有勇气却没有判断力的表现。是你"爱"这个世界的方式——投井！现在，我再也不投井了，早就不投井了。人到一定的年龄，身体，不，是肉体，鸽子就会离你而起，它们是些喜欢活力的小东西，喜欢住在健康的身体里，而健康早离我远去了。

〔她沉默。

这些势利眼的家伙！

飞走了！

都飞走了!

〔她抑制住情绪。

可是我多么爱它们!爱它们洁白的翅膀,爱它们完整的活力,爱它们小小的粉红色爪子,我爱它们的一切!

可我知道我已经失去它们了!

我并不是在抱怨,我只是说出事实。这是老了的好处之一。但我承认,我感到遗憾。不过,在这样的一个世界上,每天你不都在遗憾中度过吗,遗憾无时不在,无时不在增加。人,从来就不是因为疾病或衰老死去的,而是被遗憾,被越来越多的遗憾压得死去的。

〔远处飘来动人的音乐,她侧耳倾听。

多好听的音乐。

很美!

很动听!

片段四

〔她沉思的表情,少顷。

这个城市很美,到处都是绿色,也很温暖,一年四季都不冷。我离开那个小镇的时候,他们很羡慕我,说我终于离开了,终于去了好地方。当然,他们这种说法是相对于那寒冷而言。

我走的时候意气风发,那是因为年轻。面对远走他乡的人,最快乐的往往是那些没有离开的,因为他们面对的是想象,想象永远显现出美好的一面。

如果现在,我会对她们说,赶快离开这里!趁你们还年轻。还有勇气,还没有被这潮湿、闷热的天气所侵袭包围之前,赶快走!否则就永远无法离开了,你的骨头会越来越软,你的性子会越来越柔和,你会沉浸在这温柔乡里。

〔她一字一顿地。

那,你就什么也不是了!

什么都不是了!

这就是我!还有你们!

有人说是生活让人变成了这样,这样的生活应该放上一颗炸弹,难道不该炸掉吗?可问题是:炸掉以后呢,那些碎片不还是要重新落下吗?不是更"添堵"和"腻歪"嘛!

〔她神经质地笑。

像下水管道一样的堵住,臭水和屎尿流得到处都是!还有那些个"腻歪"!就像跳蚤一样没完没了地粘在你身上,怎么也甩不掉,又不能视而不见。这就是事实,无处不在的事实!

可这一切开始时,我是说年轻的时候,没人会这样认为。因为年轻,因为还有很多的时间,因为你的身体里到处都栖息着让你发疯的"鸽子"!世界对你而言就是新奇,到处的新奇,看不够的新奇,感受不够的新奇,你因此充满勇气,无畏的勇气,初生牛犊的勇气,一无所知的勇气!更因为那时你还不知道,也不会相信,在这个庞大嘈杂的世界里,你会迷失方向,会失去判断力!

是的!你就这样跑了出来,跑到了这样的一个世界上,跑到了这里,以为跑进了一个新天地!因为这里的一切都是那样的不同,不同的风景,不同的人,甚至连吹在身上的风都是那么的不同。每天,你就是在这样的不同中度过,看风景、吃奇形怪状的水果，今天香蕉，明天菠萝，后天荔枝，再后天火龙果……你吃啊吃，最后把自己也吃成了鲜美的水果！年轻的水果，鲜美的女人，真是让人流口水，不是吗？于是，有人对你说，新鲜的水果是不需要化妆的！他们看你听不懂就咽着口水直接对你说了，男人是女人最好的化妆品。就是这样的话！

片段五

〔她沉默，似有似无的音乐响起。

我以为是嫁给了"爱情"。就像所有被"爱情蒙蔽双眼"的女人一样。报上常用这样的词儿，我的眼里全是他。那个时候，他就是一切，而我则成了诗人。我在心中默默地念着那首诗：

〔她过度夸张地朗诵。

你是世界的中心，

我就是俯伏帖耳的仆人。

你是地球，

我就是围着地球转动的月亮。

你是太阳，

我就是脸朝太阳的太阳花！

〔她重又变得严肃起来。

这就是我的比喻，多么可怕，却如同预言一样真实！朝向太阳的花朵，必将被晒成干花儿，干花是什么？是花儿的尸体，是死掉的花儿！

不错！一年左右的时间里，我的目光里全是"爱情"，全是他的面孔，如果我闭上眼睛，我的耳朵更爱他！如果我闭上嘴，我的嘴巴更爱他!他的话就如同上级的命令,就是开枪的手指,而我则是那颗小小的子弹,指哪儿打哪儿。

这爱,让我像得到了水晶鞋的灰姑娘,像中了彩的穷人一样不知所措!我该怎么去爱这"爱情"呢?

〔女人不可思议地耸耸肩。

我,我居然讨好起他来了。是的,讨好起这"爱情"来了!生怕有一天我一睁眼我的"爱情"……(高声唱)"像小鸟一样飞走了……"

结果还真像小鸟一样飞走了!不,应该这样说,那小鸟从来就没落在我的肩头上。从此以后,我不再有自己了。在报上,我曾看到过这样的话,知道那就是说我的,可现在我不这样看了。问题的实质是你从来就没有找到过自己,何谈失去?没有了判断力的女人是不可能拥有自己的,当我意识到这一点后,我的心跳忽然加快,几乎都要喘不过气来……

我觉得自己就要死了!

我感到慌乱,

慌乱极了,

非常慌乱……

灵魂需要安静,如果像被人捅了的马蜂一样乱闯乱撞,这只能是死路一条。

〔女人抚摩自己的胸。

我不想死!

一点也不想!

片段六

〔她的声音越来越大,越来越快!

是的!

你爱男人!爱他们闪亮的嘴角,强壮的手臂!你渴望被拥在怀里,这也没错!错在你的判断失误,错在这里不是西藏也不是森林。

可是我知道即使是在西藏或者森林里,你们的规则也已经开始渗透,你们的气息已开始改变一切。

一切都将消失!

女人开始自省!

天空、海洋!

还有人,各种各样的人,残疾人、气功师、科学家、痴呆人、精神病患者……一切都暗示着毁灭,世界必将重开始,因为太多的错误和荒谬!

这也是女人们必须面对的命运。必须远离水!远离海洋!因为水会融化一切!改变一切!会消灭她们的意志!因屈服与欲望而被魔鬼引诱!

泥沙将大量出现!预言者也将大量出现!

双胞胎降生在泥石流中,而房子将被覆盖,食草的动物也将互相啃啮,甚至脑骨的缝隙都不放过。学校是明净的地方,走上讲台的却是魔鬼的化身!

〔她闭上眼睛,捂住耳朵,把头埋在腿上。

〔打夯声又响起。

〔女人睁开眼睛。

现在,我越来越容易激动了。

"亢奋!"他们这样形容我的情绪。这是我喜欢的词,像是说发情的动物。不过,要是人们都发起情来,都亢奋起来,那会是怎样的情景呢?

〔她站起,一字一顿,声音越来越大,好像要压过工地的夯声。

那就一定不会!

不会这样越来越快地走向死亡!

不会这样越来越多的遗憾!

不会这样越来越多的冷漠!

不会这样越来越多的残酷与黑色!

不会越来越多的伤心和泪水,不会越来越多的谎言与欺骗,不会越来越多的肮脏与丑陋,不会越来越多的衰老和死亡!

〔沉默,打夯的声音还在响着,但越来越小,背景一片寂静。传来脚步声。她依旧大声地说。

我不后悔杀掉他!尽管他和我的丈夫长得一模一样。我也不后悔离开了森林!

我从来就不后悔!尽管我失去了一切,我的判断力和我身上的香气!

你们的规则里,我无法适应!

还有你们的微笑!你们的面孔!你们的表情!甚至于你们的嘴唇!

来吧!来伤害我吧!因为我已经死去,我用活着的方式死去。我不再害怕,尽管来夺走我的"森林"吧,还有我的报纸!

因为森林无所不在!它们会重新长出!

在你们看不到的地方,在地球的内部!在海洋的深处!

它们无所不在!它们不会消失!

来吧!你们这些家伙!把我带走!把我绑在椅子中,堵上我的嘴!用你们的手杀掉我!

我盼望死去!因为我将永远活着!

〔她闭上嘴,长久地沉默。一束光照过来,扫到女人身上。她试图用手遮住灯光。然后,她放下手臂,动作尊严,声音凝重。

请把灯关上!

请你们,把灯光关上——!

——摘自《戏剧文学》2005年第1期,编剧:赵明环

嬉笑、怒骂与呼喊：达里奥·福（Dario Fo）《滑稽神秘剧》

一、剧情简介：嬉笑怒骂，喜剧拼盘

1969年，达里奥·福（Dario Fo）的《滑稽神秘剧》首次登上意大利米兰的舞台。这部剧由序幕和十一幕情节上毫无关联的有关宗教神迹的单人剧组成，且每一幕都有首尾两段旁逸出剧情的独白，直接针对观众解释剧情、抒发作者感想。通过这部剧，达里奥·福（Dario Fo）借助中世纪的神秘剧形式，将耶稣诞生后希律王屠杀婴儿，耶稣显灵使瞎子、瘸子恢复健康，使死人复活、使清水变酒等宗教神迹改编为喜剧搬上舞台，同时也在这些神秘剧的情节中穿插讲述了游吟诗人的不幸身世，下层贫民的悲惨生活。达里奥·福（Dario Fo）在中世纪神话的外衣下，利用令人捧腹的表演艺术，在嬉笑中针砭时政，抨击特权阶层，为普通民众鸣不平，赤裸裸揭示了彼时意大利社会、政治和文化等方面的时代症结。

该剧是由达里奥·福（Dario Fo）在不设布景的台上独自表演。他的喜剧表演风格大胆冲破舞台禁区，取材都来自耳熟能详的民间故事，辛辣的台词语言采用了古代波河流域的方言，迎合了底层人民的审美趣味，一时之间轰动了整个意大利，也引起了对作品乃至作者本人近半个世纪的争议。

二、鉴赏视角

（一）以笑醒世的民间艺人：达里奥·福（Dario Fo）

达里奥·福（Dario Fo）1926 年出生在一个普通铁路技师的家庭中。置身平民阶层，他常年观看草根艺人的表演，浸淫于通俗文化活泼热烈的氛围中，又目睹了社会底层人民挣扎于温饱线的生存状态，使得他对大众戏剧抱有浓厚的兴趣，对平民阶层和民间文化始终持有深厚的感情。早在大学期间，他便从建筑系肄业投身到戏剧演出活动中，后来作为一个单人短剧演员逐步声名鹊起。他承袭了意大利即兴喜剧的传统，在表演风格上更近似于中世纪江湖艺人或者小丑，田间地头、工厂车间都是他的舞台，以辛辣通俗甚至略显鄙俗的民间方言、夸张滑稽的肢体动作进行即兴表演，用喜剧笔法抨击时政，吸引了成千上万的平民观众，被亲切地称作"人民的游吟诗人"。

从《大天使不玩弹球》开始到 1997 年获得诺贝尔文学奖，他创作出了 47 部喜剧剧作，出版了 11 部作品集，其中最为人所关注的是他独具一格的讽刺喜剧。游戏化的剧情不仅为观众带来开怀一笑，更引人注目的是作者旗帜鲜明的政治化与通俗化倾向。达里奥·福（Dario Fo）在舞台上以公开的叛逆者姿态出现，剧作中蕴含着与当权者最尖锐清醒的对抗，同时也彰显着人道主义，同情并保卫着底层人民的尊严与权利。1997 年，达里奥·福（Dario Fo）摘得诺贝尔文学奖桂冠，一时各界哗然，毁誉参半。他回应说，"这个诺贝尔奖不只是给我一个人的，而是给所有那些从事戏剧的人……戏剧演员自古便被强权所禁止，被皇帝下令放逐，这些可怜的江湖艺人，今天可以用这奖来为之昭雪了。"①

2016年10月，达里奥·福（Dario Fo）去世，意大利总理马泰奥·伦齐（Matteo Renzi）发表声明说："意大利失去了戏剧、文化和公民权利最重要的推行者。"这位从20世纪开始便备受争议的"非典型性"文学家，在告别这个世界后，依然留下了无数围绕他的作品风格、政治立场展开的论战，一直持续至今。

（二）片段式的故事拼盘：非线性的戏剧结构

《滑稽神秘剧》由第一部分的序幕与十一场独幕剧构成。作者站在多个不一样的视角，套用中世纪神秘剧的形式，通过滑稽化和夸张化的角色扮演，重新解读和架构了这些神乎其神的传说故事。

作为政府当局公开的叛逆者、批评者，达里奥·福（Dario Fo）一直审视着自身戏剧创作的独立性。20世纪60年代初，达里奥·福（Dario Fo）为保证其戏剧的革命性，携其剧作团队离开中产阶级占据审美与资本主流的剧场舞台，转向更为边缘、荒僻的民间公共空间，将演出地点设置在工厂车间、田野、集市、广场等底层平民聚集的地方。戏剧空间的颠覆性变化必然导致形式的先锋性变革，破碎的故事情节、复古式的假面戏剧表现形式、即兴式的戏仿，都是彼时西方戏剧文学变革潮流中大胆的创新与探索。在后现代性方兴未艾的60年代，达里奥·福（Dario Fo）并不工于构思剧情的节奏、矛盾冲突的张力或者场次的架构，他更关注的是将剧中的一切因素都能融入他狂欢化的戏剧氛围中去，让戏剧走向一体化。作为布莱希特（Brecht）的拥护者，他也认同戏剧的"陌生化"间离效果，认为演员在表演时，不应

---

① 《达里奥·福与他的〈滑稽神秘剧〉》，文铮，《外国文学》1998年第1期。

该把观众带到感情共鸣的轨道上,而是要使戏剧场域内所有的观众和演员之间产生交流。从而产生深刻的反思。《滑稽神秘剧》也是如此,它的戏剧结构极具后现代主义张力,将毫不相干的单独的故事拼接组合,故事与故事之间没有首尾相接的情节,也没有一以贯之的戏剧矛盾,破碎的戏剧空间自成一体,令传统现实主义戏剧在舞台语言上要求的连续性退居次位。剧中的《疯子与女鬼》《瞎子与瘸子的寓意剧》《迦拿的婚礼》《拉撒路的复活》《游吟诗人的身世》等原本就是口头传播的短小故事,在这里被改编为单独的短剧,可以独立进行片段式的演出。

转换无边的戏剧空间,散点化的矛盾冲突,支离破碎的剧情走向,使得这部剧几乎抛弃了戏剧文本的基本元素,成为一部看上去没有规律的故事拼盘。非线性的戏剧结构,也使得舞台拥有了更大的即兴调度空间,产生了更多对话机会。每一幕的开始与结尾,达里奥·福(Dario Fo)都会跳出角色,向观众们阐述下一个故事的创作来源、解释剧情的来龙去脉,直接暗示观众体会剧中对现实的影射,甚至在故事演出中也用直白的语言表达对当权者的控诉:"谁在组织文化?谁决定教些什么?谁对封锁某些消息感兴趣?老爷们,资产阶级。只要可能,他们就尽量继续做他们认为正确的事情。"[1]这种片段化的剧情虽然受到许多秉持传统立场剧作家的指摘与诟病,但也是达里奥·福(Dario Fo)在公共舞台空间的成功实践,片段化、零碎化的剧情故事更能够产生即时性戏剧效果,从而达到观众与演员、剧情之间更好的交流效果。

---

[1] 达里奥·福著:选自《拉撒路的复活》,《滑稽神秘剧》1969年版,第32页。

（三）"前所未闻的渎神之词"：被解构的神圣剧

"神秘剧"，又被称为视觉立体化的《圣经》故事，以戏剧的形式用平民可以理解的语言展现了《圣经》的主要内容，至今仍有部分内容以组剧形式在欧洲各国上演。作为中世纪的群众娱乐活动，神秘剧衍生出了不同的表现手法，用荒诞不经的戏剧手法登上舞台的"滑稽神秘剧"便是其中之一，早在11世纪便有相关演出形式的记载，并一直延续到现在。达里奥·福（Dario Fo）游走在意大利民间，收集散落在各地的中世纪神秘剧故事，以经年累月的戏剧经验对这一古老剧种进行消化重构，从而完成了一个激进派的后现代主义者对神学的颠覆性解读认知。

《滑稽神秘剧》中的11个故事看似彼此毫无关系，其实都指向同一个核心：对一切构成"神奇性"的事物进行解构。达里奥·福（Dario Fo）讽刺的对象是那些包括天主教在内的许多宗教表现的妖术、魔法、各种把戏，他入木三分的即兴表演，向平民百姓消解了上帝显灵带给人间的奇迹，让观众在大笑中意识到宗教神权的不堪一击。情节的不连贯性，也使得戏剧效果得以波次性展开，达里奥·福（Dario Fo）以多段独立的故事情节为基础，以简洁、平实、快速的即兴演出方式，融进多角度的现实指涉性，从资本家对工人生存质量的压榨，到统治阶级以神学麻痹公众意识、窃取公共财产，再到打破消息封锁呼唤思想自由，形形色色的社会症结与鼓动宣传被纳入片段式的戏剧演出中，使剧作的社会意义大大增强。

从《滥杀无辜》中疯癫的母亲把羊羔认作儿子；《迦拿的婚礼》中醉汉偷偷薅下大使翅膀上的羽毛，换下圣母玛利亚的葡萄酒；到《疯子与女鬼》贫贱的疯人对女鬼的亵玩式对话；再到《土包子的来历》中被驴生下、穿着开裆裤的土包子，连上厕所都要对老爷感恩戴德：无意义的斗嘴、大闹、误解、打斗，以及丑角化的动作模仿，他用轻松戏谑的笔调重述神迹故事，一个个处于社会食物链底层的小人物掩盖了神的光辉成为故事的主角，让有关牺牲、死亡、劳作、奴役的故事情节变得通俗轻松，用民间滑稽剧夸张的肢体风格吸引观众目光，展现了民间百态的天真、自然，使得剧情并不恐怖、残忍，形成他独具特色的黑色幽默喜剧风格，但依然不失强烈的政治暗示和反讽性。

（四）意大利的众生百态：包罗万象的人物设计

《滑稽神秘剧》拼盘式的戏剧结构，使得出场人物众多，他们上到神灵天使、达官贵人、社会精英，下到盲瘫疯残、游吟诗人、草根百姓，共同构成了这部戏剧的形形色色，千奇百怪众生相。这些人物并不是空中楼阁的臆想，而是从现实生活中直接抓取塑造的。

自幼与渔民、玻璃厂工人、走私犯生活在一起，后来又深入到资产阶级无法掌控的民间缝隙中进行演出，达里奥·福（Dario Fo）洞悉平民阶层生存的挣扎状态，也懂得底层人民如何用自嘲来化解无法掌控现实生活滑向深渊的苦难。他以轻盈戏谑的方式，将土包子的悲惨遭遇用节奏明快的民谣吟唱出来，让精神失常的、混入婚礼现场的醉汉薅下加百列天使翅膀上的羽毛，让一群饱受战争、贫穷、屠杀和资本家压榨的底层人民走到戏剧的主角舞台上，他们往往举止神态夸张、语无伦次甚至精神错乱，笨拙的动作和诙谐的拌嘴常常引来观众的笑声，但就如同《狂人日记》中的狂人一样，正是这群被嘲笑、被侮辱的人以最清醒的姿态观察着事件的发展，带领观众看到现实的丑恶对人精神的伤害，看到意大利现实社会的丑恶与黑暗。

达里奥·福（Dario Fo）承袭意大利滑稽剧的创作遗风，以丑角化、夸张化的手法来塑造舞台人物，无论高低贵贱，一个个中世纪的人物都夸张怪诞，用插科打诨的方式包裹尖锐的社会讽刺。对于残疾者和醉汉，他不吝惜俚俗甚至粗鄙的语言，对于居上位者，他也选择了戏谑的角度，甚至主教身上都充满现实的滑稽势利之感——

"耶稣！你踩我一脚？我是博尼法乔，是教皇！好啊你这个出身下贱的家伙，你爸要是知道……该死的！蠢驴的头子……我要跳舞，要搞娘们，因为我是博尼法乔！我是教皇！"[①]

代表神学的主教，在滑稽粗鄙的语言中消解了宗教至高无上的纯洁性，在这样一部承认宗教神迹的戏仿式剧作中，高层人物对宗教的不纯洁目的却使得宗教的存在本身成了一种讽刺。所以《滑稽神秘剧》在意大利风靡一时，甚至登上电视录像时，梵蒂冈也提出了严正的抗议。然而整部剧的核心并不是展现神学的不堪一击，而是尖锐地揭露了宗教当权者面对公众时的虚伪性，抨击统治者借助神学麻痹公众判断力、窃取公众财产的可鄙行为。达里奥·福（Dario Fo）也曾说："不要用单纯的模仿来解决小丑表演的问题，而是要做一种史诗般意义的再创造……简言之，一切都应带有影射性，而不是自然主义的和模拟式的。"在他的剧中，作者无意于创造消遣式的丑角化人物，作为人民的执笔者，他在最滑稽、最荒诞的人物背后都藏下现实人物原型的阴影，将他们的舞台语言和遭遇化作划破社会太平外表的尖刀，带领观众在笑声中直视现实生活的苦难。

（五）狂飙突进的民间话语：大众狂欢的舞台语言

作为一项宝贵的民族文化遗产，意大利的即兴喜剧不同于悲剧所表达的严肃的、诗意的主题，带着诙谐和戏谑的风格，以及脱胎自民间并保留至今

[①] 达里奥·福著：选自《博尼法乔八世》，《滑稽神秘剧》1969年版，第57页。

的平民气质，向更广大的观众群体敞开了剧场大门。达里奥·福（Dario Fo）的表演范式很大程度上也得益于这种集滑稽与讽刺于一身的通俗艺术。

顾名思义，即兴喜剧没有固定的剧本，需要演员根据幕表与剧情简介进行即兴的语言和肢体表演。在《滑稽神秘剧》中，我们几乎随处可见即兴化的语言迹象——就像达里奥·福（Dario Fo）直接在剧中说的那样：

"一个游吟诗人要扮演十五六个角色，而且只能靠动作变换角色，连声音都不变，完全靠动作表情。所以这是那种要有些现场发挥，按照观众的发笑和安静的时间节奏随时调节的剧本，实际上，我得随机应变即兴表演。"[1]

剧中的情节、情境等要素由于演出场地、面向观众的不同，每一场都处在变化之中，即时性的节奏控制与舞台掌控能力，也要求演员对台词等因素作出即兴改变，以达到带领观众迅速进入狂欢状态的效果。本剧作片段化的、短小精悍的故事情节，也使他的喜剧充满了随意而即兴化的舞台特色，甚至可以随意添加或删减故事内容："下面我再给大家演一段只有昨天和前天才演过两次的新段子，不过，每次我都有些激动，因为是非常难演的。"[2] 快节奏的戏剧进程，讽刺尖刻的喜剧效果，让达里奥·福戏剧语言带有即兴味道的同时也不失尖锐。"他剧中的对白不像现代戏剧那样以台词为媒介来传递或渲染象征、思想或潜意识。而是一种兵戎相见，拳拳到肉的方式。"[3]

如《疯子与死者》中口无遮拦的疯子与女鬼的对话，在众人看到女鬼都

---

[1] 达里奥·福著：选自《拉撒路的复活》，《滑稽神秘剧》1969年版，第76页。
[2] 同上。
[3] 徐家骏：《阿里斯托芬与达里奥·福的异同比较》，吉林艺术学院硕士学位论文，2016年。

仓皇逃窜时，疯子竟然强压恐惧，对女鬼想入非非，情境与台词的强烈错位引发了极有张力的喜剧效果；再如《土包子的来历》中，在大段吟唱完为奴劳作的土包子的生存状态后，直接转向与观众的对话。这种随机应变似的即兴台词，与整个剧情节奏融合得非常到位，在他惟妙惟肖的语言和肢体动作中，现代工人被工厂厂主与资本家压榨的悲惨现状也一览无余。

在一个人的舞台上，他采用最贴近底层人民的古代波河流域的方言，以尖酸刻薄、游戏恣谑、粗野放浪的舞台语言和这背后激烈的政治对抗、社会抨击，共同构成了面向大众、属于大众的粗糙而浓烈的舞台空间诗意。

（六）中世纪与现代的碰撞：寻找人的"尊严"

达里奥·福（Dario Fo）的《滑稽神秘剧》，是以中世纪的故事为外衣对意大利的政治、文化等社会问题的无情揭穿。在辛辣尖刻的表演中，不仅表达了对当权者最露骨的批判，也寄托了对底层人民生存尊严最期待的呼唤。在剧作伊始，他便强调：

"尊严不在于有一双好腿，不在于有一双好眼，而在于没有主子把你践踏——真正的自由是没有主人，生活在一个不仅是我，而且所有其他人也都没有主人的世界里。想想看，这是在1200—1300年啊！"[①]

中世纪与现代的并置下，现代人被特权阶层压迫剥削的惨状显露无遗，剧作的主旨也随之彰显出来，那便是一以贯之的"尊严"意识。他在剧中以引导者的姿态呼唤着人们独立与尊严的觉醒，反抗特权阶级的压迫与麻痹手段，寻求不受地位、身份和财富限制的人格平等。所以，这部《滑稽神秘剧》，不是对古代神话做无意义的消解，也不是仅发现症结却不提供答案的

---

① 达里奥·福著：选自《滥杀无辜》，《滑稽神秘剧》1969年版，第92页。

写实主义社会问题剧，他的嬉笑与怒骂中，始终包含着对人格尊严的呼唤，闪烁着人性的光芒。

达里奥·福（Dario Fo）个人的出身与命运，以及社会形态急剧变革下学运、工运此消彼长的时代背景，都赋予了这个人民的游吟诗人双重的使命——他不屑于无意义的滑稽和笑闹，总是字里行间夹杂着对黑暗生存环境的愤怒的揭露与挖苦；他也不似同代人对现实悲观的讽刺，而是以野草般的生命力传递反抗的斗志，呼吁撕毁时代的黑暗面具后，每一个人重拾自我的光明出路。

三、演出情况及评价影响："疯癫"的演绎，醒世的文明

1997年，达里奥·福（Dario Fo）凭借《一个无政府主义者的意外死亡》斩获第90届诺贝尔文学奖。他鲜明激进的姿态，与作品中江湖艺人式的滑稽与通俗，令他成为一名说大于写的"非典型"作家，一时之间在世界范围内名声大噪，并真正开始进入中国戏剧界的研究视野，《一个无政府主义者的意外死亡》《开放夫妻》《不付钱！不付钱！不付钱！》等剧作在中国舞台的改编与上演，为中国20世纪末的先锋戏剧注入了一股凌厉而浓烈的改革活力。

正如文艺批评家斯图尔·阿连（Stuart Allen）所说，"对于阿尔弗雷德·诺贝尔（Alfred Nobel）来说，设立各奖项的基本目的是要给人类带来好处，而文学的成就就是实现维护人的尊严的重要手段"[①]，作为一名人民的

[①] 汪兆骞编著：《达里奥·福》，选自《文学即人学：诺贝尔文学奖百年群星闪耀时》第20章，中国现代出版社2018年版。

吟游诗人,在长达仅半个世纪的遭受迫害与积极抗争的岁月里,达里奥·福(Dario Fo)始终保持着鲜明的大众立场和最炽热的批判激情,他以最贴近平民阶层的艺术手段,向人们展示了喜剧以笑声化解苦难的艺术魅力,给予后来者严肃的醒世的勇气。

《滑稽神秘剧》精彩片段

片段一 滥杀无辜

兵甲　你过来,放下那只小羊……这个女人是让我们给搞乱了大脑的……我们杀死了她的儿子。

兵乙　你怎么了?快动弹呀!还有一大堆人等着杀呢!

兵甲　等等……我想吐……

兵乙　好家伙!你真像头母牛那么能吃葱头、咸羊肉,还有……你过来,这个拐角有一家小馆子……我让你好好喝上一杯白酒!

兵甲　不,我呕吐不是因为吃得不对劲,而是因为这种大屠杀,因为我们制造的这个屠杀孩子们的大屠场,才翻了我的胃口。

兵乙　早知道你这么娇贵,你就不该干当兵这一行。

兵甲　我来当兵是为了杀敌人的。

兵乙　也为了弄几个漂亮女人摔到阜垛上……对吗?

兵甲　这个,要是碰上的话,反正是敌人那头的女人……

兵乙　还得扎死牲口呢……

兵甲　那也是敌人的。

兵乙　把房子烧掉……把老人杀死……还有母鸡和孩子……孩子也是敌人的。

兵甲	对，孩子也是……不过那是在战争里！战争中杀人并不丢人：军号吹着，战鼓敲着，军歌唱着，还有上尉的动人的讲话！
兵乙	噢，这场婴儿大屠杀也有上尉的动听的讲话呀。
兵甲	可是，这里屠杀的是无辜的人……
兵乙	你以为战争里的人都不是无辜的？那些人怎么招你了？你在军号伴奏之下要杀的那些可怜的人，他们怎么惹你了？（抱着圣母塑像在后面经过）那个女人要不是我们正在寻找的童贞女玛利亚还有孩子，我就瞎了眼啦！快去抓住她，趁他们还没有逃掉！你快动弹呀，这回咱们得拿大奖了！
兵甲	可我不想得这种恶心肮脏的奖励……
兵乙	那好，我就一个人得它了。
兵甲	不，你也得不上的。（他把路堵上了）
兵乙	你疯了吗？让我过去，咱们是奉命杀死童贞女的儿子！
兵甲	我操他妈的命令……你别动，不然，我就要你的命……
兵乙	该死的……你还不明白吗，假如那个孩子活下来，就会取代希律王，成为犹太之王……这是先知预言的！
兵甲	我操他妈的什么希律王和先知！
兵乙	你该去大便，而不是倒胃！好，你去那边草地上，让我过去……我可不想丢掉大奖！
兵甲	不，咱们杀死的孩子还不够多吗！
兵乙	那……可就轮到你了！（他用剑刺透了兵甲）
兵甲	哎呀……你杀我……该死的……你穿透了我的肠子……
兵乙	我，很可惜……你实在是个大傻瓜……我真不愿意……
兵甲	我的血到处流……哦，妈妈，你在哪儿……妈妈……你来呀……

我冷……妈妈，妈妈。（死去）

兵乙　不是我杀死了他，当他开始有怜悯心的时候，他就已经成了一具尸体。谚语早就说"心怀怜悯的士兵虽好却要被杀"。再说，他还让我失去了抓住那个童贞女的儿子的机会！

片段二　瞎子和瘸子的寓意剧

瞎子　我根本就看不见！我是个瞎子，看不见自己的脚！唉，怎么不能？我看见了！我看见我的脚了！……噢，我这双脚多漂亮啊！真漂亮……这么多脚趾……几个？一只脚五个脚趾。按照大小顺序排着队……我真想挨着个亲亲它们……

瘸子　疯了！你待好！要摔着我了！噢，你踢了我一脚！该死的！……我要能也踢你一脚……你接着吧！（踢了瞎子一脚）

瞎子　哦，奇迹！我看见天了……看见树了……看见女人了……（似乎在看着女人从眼前走过）女人真漂亮啊！不过不都一样！

瘸子　是我刚才给了他一脚吗？让我再来试试看！真的……真的……该诅咒的日子！我算给毁了！

瞎子　祝福你，上帝的儿子，是你治好了我！我是一头可怜的牲口，还想躲开他，可这个充满阳光的世界是多么温柔多么快乐啊！

瘸子　是魔鬼让我们遇上他的，那些和他在　起的人是承认他的……我怎么这么倒霉，让那个充满爱心的人给看见了？这回就该当个饿死鬼了……干脆我把这两条恢复好的腿当作生火腿吃了吧！

瞎子　我当初真傻现在我能看得见了，可刚才还想永远生活在黑暗中……我就不知道看得见就是最大的奖赏。哦，多么好看的色彩呀……女人们的眼睛，嘴唇，和其他部分……小蚂蚁和小苍蝇……太阳……我真盼着天快点黑下来，好看见满天的星星，好到小馆子里去欣赏一下葡萄酒的颜色！感谢上帝，上帝的儿子！

瘸子　　可怜的我啊！轮到我去给一个主子流血流汗换一碗饭……噢，该死，该死，真该死！我得再到处去寻找一个圣人，让他再显灵弄坏我的腿！

瞎子　　上帝的儿子，不论是俗语还是拉丁语，都没有言语能够表达你的怜悯之心就像一条涨满水的河！你都让人家绑到十字架上，还以那么多的爱心想着我们这些倒霉鬼们……

片段三　游吟诗人的身世

游吟诗人　　噢，各位，快来呀，这儿有一个游吟诗人！我就是游吟诗人，艺人，又蹦又跳，又说又笑，我取笑权贵，让你们看看那些到处挑起战争，欺负百姓的人是多么霸道无耻，又是多么假厉害……噗嗤……我拔掉塞子……他们就泄气。你们来看，这里是草垛，我跳一跳，唱一唱，耍一耍！你们看我多么伶牙俐齿，舌头就像一把刀，可是我原先不是这个样子……这正是我要讲给你们的，就是我的身世。我生来不是游吟诗人，不是从天上一阵风儿给吹下来的，呼的一下就落到地上："早上好！晚上好！"不是的。我是一个奇迹的结果！是发生在我身上的奇迹！你们不相信？真的！我生来是农民，地地道道的土包子。我有喜有悲，就是没有土地！就像这个山谷里的所有农民一样，到处打工干活。一天，我到了一座山前，是座石头山，我打听了，问："谁都不要这座山吗？"山没有主人。于是我就爬到山顶，用手指头扒石头，看到有那么一点土，还看见有一小股水流从山上流下，于是我就开始扒呀扒呀。我到河边，取了土运到山上，还带着我的老婆和孩子一起干。我的老婆很温柔，我爱她，我爱议论她。我靠着双手把土和草运到山上，然后一下子就什么都长了出来，那真是黄金一样的土地！我种呀，锄呀，长出来一棵树！好奇妙啊，就在那块地上！这是奇迹！杨树，枥树，满山都是。我知道按照月历适时播种，吃的东西就长出来了，甜甜的，美美地，好好的。有菊苣、刺菜、豆角、萝卜、什么都有。够我和我们家所有人享用！噢，我真高兴啊！说来，老天总能下上几天雨，再出上几天太阳，我也总是按照月历适时耕作，风也合适，雾也不多，真是太美了！太美了！那是我们的土地！是很好的梯田。我每天都有发展，真像巴比伦塔一样。这就是天堂，人间天堂！我发誓！所有过路的农民都说：好家伙，看呀：原来是一片石头，给你弄成这个模样了！该死的，我怎么就没有想到呢！

片段四　疯子与死者

疯子　　对，死亡！正巧……我也有过这张牌！噢，真冷！你们都上哪儿去了？

我怎么从骨头里面冷啊！关上门！（差一点撞到女鬼）好好的！都关着呢。这股寒气从哪儿来的？（看见女鬼）你好！晚上好！……晚安！夫人，请允许……（起身要走）我的朋友都走了……（把钱忘在了桌上）您找什么人吗？

女店主　在隔壁那间屋里伺候门徒们吃饭和打水洗脚呢。您要是想去就别客气了！哎呀，我的上下牙直打战！

女鬼　　不，谢谢，我喜欢在这儿等着。

疯子	好啊，您要是想坐，就坐这把椅子吧，还热乎着呢，我给焐热的。对不起，夫人，我现在就近看，觉得好像上次见过您。
女鬼	不可能！我是那种一个人一辈子只见一次面的人。
疯子	是吗？只见一次？还有外地口音，似乎是托斯卡纳口音。不是？是费拉拉？罗马涅？特莱维索？西西里？克雷莫纳？都不是？那是络地人？甭管怎么说，夫人，恕我直言，您脸色比起我上次见您时可是太苍白了。
女鬼	你说我脸色苍白？
疯子	是，我希望没有冒犯您。
女鬼	不，我是特别苍白。苍白是我的天然色彩。
疯子	天然苍白？啊，我说您像谁呢！您像牌上画的人物。
女鬼	对了！我就是死亡！
疯子	死亡？您就是死亡？！噢，看这事凑的！死亡！……好！您好，死亡！……很荣幸，我叫马塔佐内。
女鬼	我叫你害怕吗？
疯子	我害怕？不，我是疯子，谁都知道塔罗牌的疯子不怕死亡。而且，恰恰相反，疯子到处寻找死亡，想娶她为妻呢，所以旁边常常放的是爱情！
女鬼	如果你不害怕，你的腿为什么这么抖啊！
疯子	腿？因为这条腿不是我的。我的真腿在一次战争中失去了，我当时就装了刚死的一个上尉的一条腿，他这条腿一看见壁虎尾巴动弹就发抖。我锯下他的腿自己装上了，真是看不起他！你瞧，一看就知道不是我的，稍稍地长了一点儿，弄得我有点瘸。噢！行了！（对那条上尉的腿说）在一位如此尊贵的夫人面前不该这么

害怕……壮壮胆儿，咱们走吧！

女鬼　　你说我如此尊贵，真是好人！

疯子　　哦，我可不是讲客套，请您相信。我发誓，您对于我就是尊贵的，而且是可爱的！我很高兴您来找我，我喜欢您，我愿意为您掏酒钱，如果您肯赏光的话！

女鬼　　很愿意！你说你喜欢我？

疯子　　当然！我喜欢您，您身上的菊花香味，您脸色的苍白，我们这里讲究："雪白的女人做爱没够"。

女鬼　　哦，你让我害羞了，你真是个疯子啊，世上从没有人让我脸上发红过。

疯子　　发红是因为您是贞女，是纯洁的！您确实拥抱过很多男人，可是都只拥抱一次……他们那些人没有一个配跟您一起睡觉，也没有一个真心实意地爱您，尊重您！

女鬼　　真的！没有一个人尊重我！

疯子　　因为您太谦虚，虽然您是一位女王，却既不吹喇叭，又不敲鼓，没有任何人宣布您的到来……您是世界的女王！为了您的健康！女王！

片段五　十字架下的疯子

疯子　　得，成了！我都不敢相信这是真的！太高兴了！……耶稣，你挺着点！救你的人来啦！……我去拿钳子，来了。你不是说过有朝一日是一个疯子救你吗！咳，等我先捆上绳子！一会儿就好！别害怕，我不弄疼你！我会像抱新娘一样轻轻地抱你，然后把你扛到肩上。我壮得像头牛，一阵风似地就走啦……我把你带到河边，那儿我有一条小船，划上几下就过河了。天亮之前咱们就到我一个好朋友巫师那儿让他给你上药治伤，保管三天就好！你不愿意？！那咱就去一个大夫朋友那儿，他也是我信得过的人！什么？你不愿意让拔掉钉子？我明白了，你这手脚上都是窟窿，骨头都给抻折了，不能到处行走，也不能自己吃饭了。你不愿意当个依赖别人活着的人？我猜对了？也不是因为这个？哎哟！那为什么呀？为了牺牲？你说什么？为了挽救？为了补救？……可怜的人！……我来……你发烧……看你这个烫呀！我这就把你放下来！给你穿上袍子……现在，对不起，你实在是个死脑筋！顽固派！……你不愿意被救下来？你愿意死在十字架上？对吧？为了拯救人类……噢，真难让人相信！人都说我是疯子，可你比我还疯一千倍！

片段六　十字架下的玛利亚

玛利亚　　哦，好心的士兵啊，拿着，我这些银耳环、金戒指都给你……拿着，就换你给我一个方便。

士兵　　　什么方便呀？

玛利亚　　让我给儿子擦擦这血，用一点水和一块布，给他蘸一蘸干得发裂的嘴唇……

士兵　　　就这点小事，再没别的了？

玛利亚　　我还想到梯子上边，把这条围巾披在他肩膀上和胳膊下边，好让他在十字架上待得稳当点……

士兵　　　哦，你是不喜欢你的这个年轻人呀！你想让他在这种可怕的痛苦中活得更长些！你设身处地替他想想，要是我就让他尽快死了才好!

玛利亚　死了?我这个温顺的宝贝就该死了吗?他的手、嘴、眼睛、头发,就该死了吗?哦,他们背叛了我……加百列天使,你模样温和,声音甜美,可你是第一个背叛了我:你来告诉我说我会成为女王……幸福……如意,比所有女人都更幸福!你看看,你看看我啊,我受人折磨,被人取笑,原来是世上最倒霉的女人!你来宣诏,让我不要激动,让我身怀有孕,就是让我变成这个宝座上的女王!让我儿子当这种手脚上钉着大钉子的骑士!你怎么不早告诉我这场梦呀?因为你知道,我就不肯答应受孕,就是圣父上帝本人来了,让和平鸽陪着,想明媒正娶,我都不会答应他的!

作者:达里奥·福(Dario Fo)　翻译:张密

荒芜之中，更生虚妄：
《克拉普的最后一盘录音带》

一、剧情简介：录音带中的残破过往

（一）录音带中的残破过往

在未来的一个时间点，69岁衣衫褴褛的老克拉普想要听他的录音带，借此回忆过往。

他开始找自己抽屉的钥匙，却摸出一个信封，而找到钥匙后，终于被打开的抽屉里却没有他要找的录音带，而是他爱吃的香蕉。看到抽屉里的香蕉，克拉普决定把它吃下去。吃完香蕉之后他终于找到了自己想要的账簿和录音带。看到账簿上的内容，他一边自言自语地叙述起母亲去世的情形和当时遇到的护士，一边回想着往事陷入沉思。

他播放了那盘磁带，磁带里的声音是39岁的他，声音洪亮。39岁的克拉普在磁带里讲述的是20多岁和比安卡交往的故事，自己对政客的反感，年轻时的决心，以及爱唱歌的麦克格伦小姐。听到这些，老克拉普嘲笑起了自己，借此又喝了几杯酒。酒后他开始唱起歌来，准备继续听磁带。磁带又一次提到了母亲的病死，并且提及了一个陌生的单词。老克拉普停下磁带，在字典里查找到了这个单词的含义——"寡居"，随后又一次听起了他的磁带。继续播放的磁带提到了他的浪漫经历，老克拉普对这一段念念不忘，于是倒回来又播放了一遍,并再次嘲笑起从前的自己,再次地唱歌,以及第三次播放他的浪漫经历。这也使他失恋的心情又一次涌上心头。

他开始换磁带,深深感叹于过去的美好,却不愿回到从前。最后老克拉普陷在无尽的沉默中,而磁带却继续转动,并将永远转动下去。

(二)白光照亮下的过往之声

剧中克拉普所播放的录音带是他 39 岁时所录制的,那时他正值壮年,声音有力,39 岁的克拉普提到自己的肠胃问题,这呼应了老克拉普对香蕉的喜爱。之后,39 岁的克拉普提到 20 多岁的自己,并对其报以轻蔑之情,将过去的自己描述为一名软弱的理想主义者。有趣的是,69 岁的克拉普与 39 岁的自己一同轻蔑着 20 多岁的自己,而 69 岁的他又对 39 岁的自己表现出否定的态度,这是一种情节上的复沓,也暗示着克拉普其人的命运。

之后,录音带中说到克拉普的母亲去世的事情,贝克特(Beckett)并没有明着表现克拉普的心情,而是叙述了一件看似无关的事情:他向一条狗投掷圆球,并把球留给了那条狗。"我会一直感觉到它,在我手中,直到我临死的日子。我应当留着它。却把它给了那条狗。"[①] 这段话写得极克制,却从侧面表现了永失所爱的伤痛。

录音带继续转动,39 岁的克拉普站在防洪堤上,神采飞扬,说自己看到了奇迹,获得了将会坚守一生的信念——而 69 岁的克拉普满怀尤耐地直接快进跳过了这一段。后面是他的爱情故事,69 岁的克拉普明显沉浸于此,把这段难得明亮的经历听了两次。

---

① 萨缪尔·巴克利·贝克特著,舒笑梅译:《克拉普的最后一盘录音带》,《国外文学》1992 年第 4 期。

之后 69 岁的克拉普开始录制今年的录音带，他在其中嘲笑过去的自己，"不敢相信我以前怎么那么糟。感谢主，不管怎么样，这一切都过去了。"[①] 他嘲笑自己的写作事业，一共卖出 17 本自己的作品，其中 11 本以批发价卖给了海外的图书馆；嘲笑自己的性生活，只能与年老色衰的妓女为伍。他回忆着，对录音机诉说着，突然扯下录音带，扔到一边，重新装上 39 岁的自己录制的那一盘，重新听起自己的爱情故事来。

剧本的最后，克拉普如此诉说着："可能我最好的年华已经逝去了。当时有份幸福的机会。但我也不想它们回来。我身体中已经没那团火了。不，我不想它们回来。"[②] 最后他只是静静地凝视着前方，录音带空转。一切不实，一切虚妄，幸福的可能已经永久逝去，而克拉普甚至不愿得到幸福。人生的悲哀在此刻达到顶峰。

二、鉴赏视角

（一）作者介绍——荒诞派的第一位大师

贝克特（Beckett，1906—1989）全名是萨缪尔·巴克利·贝克特（Samuel Buckley Beckett），爱尔兰作家，是荒诞派戏剧的重要代表人物之一。他出生于爱尔兰的首都都柏林，少年时期曾在一所法国人开设的中学学习，这为他日后使用英法双语创作打下了基础。贝克特（Beckett）于 1927 年毕业于都柏林三一学院，次年被巴黎高等师范学校聘用，由此首次移居至

[①] 萨缪尔·巴克利·贝克特著，舒笑梅译：《克拉普的最后一盘录音带》，《国外文学》1992 年第 4 期。

[②] 同上。

巴黎。在此期间他结识了同为爱尔兰作家的詹姆斯·乔伊斯（James Joyce），并作为乔伊斯（Joyce）的助手对《芬尼根的守灵夜》的手稿进行了整理，这也使得他深受意识流文学所影响。1931年，他返回到都柏林的三一学院教法语，同时研究法国哲学家笛卡尔（Descartes），获哲学硕士学位。1938年贝克特（Beckett）再次移居巴黎并出版了第一部长篇小说《莫菲》。20世纪50年代后开始转向戏剧创作，并于1953年凭借着剧本《等待戈多》蜚声文坛。由于"他那具有奇特形式的小说和戏剧作品，使现代人从精神困乏中得到振奋"[①]，1969年获诺贝尔文学奖。

贝克特（Beckett）在创作上深受乔伊斯（Joyce）、普鲁斯特（marcel proust）和卡夫卡（Kafka）的影响，主要作品女诗作《婊于镜》；评论集《普鲁斯特》；短篇小说集《贝拉夸的一生》和《第一次爱情》；中篇四部曲《初恋》《被逐者》《结局》《镇静剂》；长篇小说《莫菲》《瓦特》、三部曲《马洛伊》《马洛伊之死》《无名的人》及《如此情况》《恶语来自偏见》等。这些小说以惊人的诙谐和幽默表现了人生的荒诞、无意义和难以捉摸，其中的《马洛伊》三部曲最受评论界重视，被称为20世纪的杰作。

此外贝克特（Beckett）在戏剧方面的成就尤为突出，主要剧本有《等待戈多》《剧终》《最后一局》《克拉普的最后一盘录音带》，电视剧《迪斯·乔》等，这些剧作无论就内容或形式来说都是反传统的，因此被称为"反戏剧"。其中成名作《等待戈多》在巴黎演出时引起轰动，连演了三百多场，成为战后法国舞台上最叫座的一出戏。

---

① 1969年诺贝尔文学奖授奖辞。

（二）戏剧结构——回环往复的环状叙事

《克拉普的最后一盘录音带》作为荒诞派戏剧的代表作之一，其叙事结构也具有独有的特征。它舍弃了寻常叙事中起承转合的线性结构，转而以消解时间性的方式，将作品表现为一种环状的叙事结构。这一点在剧本的第一句便已经得到完全的阐释："将来的一个晚上。"[①] 并非过去，亦非现在，而是将来。这句时间设定无疑是一个隐喻，它暗示着克拉普的人生状态将会一直如此持续下去，他不断回忆过往，却无法将过去与现在重叠起来，而这种时间的割裂反而是会毫无疑问地延续至未来的东西，克拉普将会持续被人生的荒芜与无意义所折磨，无止无休。

同时，《克拉普的最后一盘录音带》的主要情节是克拉普对过往的回忆，这种回忆并没有以通常的形式展现出来，贝克特（Beckett）选择了录像带这一人工制造的对象，将回忆寄托在冰冷的、无机质的物质上，他的回忆不是沿着时间循序渐进地展开，而是印证着克拉普混沌的精神状态，被混乱地展示出来。在剧中，克拉普时而调快录音带的进度，时而倒带回去反复聆听某段记忆，叙事也随之变得混乱不堪，失去了明确的时间指向，这正如同贝克特（Beckett）眼中现代人的生活状态：扁平并断裂，最终归于无言。在《克拉普的最后一盘录音带》中，时间并不是线性地流动着的，而是与录音带一起被不断地调整，时而前进时而后退，呈现出一种混乱无序的特征。而这种无序又无疑将会指向未来，时间在此闭合，构成一个无法摆脱的环。

---

① 萨缪尔·巴克利·贝克特著，舒笑梅译：《克拉普的最后一盘录音带》，《国外文学》1992年第4期。

(三)人物形象——被异化的孤独者

《克拉普的最后一盘录音带》的角色有且仅有一位,即克拉普。仅从外貌来看,他是一个弱小苍老、穿着打扮不修边幅的人,他的衣物肮脏并不合身,头发凌乱,不刮胡子,近视并耳背,在舞台上踱步也显得有些艰难。而恰恰是这样一位风烛残年的老人,却曾经是一位知识分子,他出版过自己的著作,却只卖出了 17 本,其中有 11 本以批发价卖给了国外的图书馆。在剧中,他重复着机械性的动作(吃香蕉、开酒等),同时尝试借听录音带的方式追忆往昔,却始终在嘲笑过去的自己。他发觉自己无法对自己的回忆产生认同感,过去与现在产生断裂,他不断地快进、倒带,跳过某些部分,又把与恋人的回忆听了一遍又一遍,最后他承认:自己曾有过好日子,有过幸福的机会。可一切都已经逝去,克拉普说:"不,我不想它们回来。"[1]

克拉普是一个深陷在人生的痛苦与无意义中的人,好时光一去不返,只显得现今更加荒芜不堪。而剧本的第一句话正暗示着他未来的命运:"将来的一个晚上。"[2] 他将永远孤独,永远在舞台上徘徊,诚如剧本最后所道:"克拉普一动不动地凝视前方。录音带空转。"[3]

(四)鲜明语言特色——风烛残年中的梦呓

本剧的语言特色非常鲜明。多用短句,且前后文缺乏逻辑关联,营造出一种凌乱不堪的效果。在描写克拉普的动作时,语句简洁清晰,在老年克拉

---

[1] 萨缪尔·巴克利·贝克特著,舒笑梅译:《克拉普的最后一盘录音带》,《国外文学》1992 年第 4 期。

[2] 同上。

[3] 同上。

普进行独白时，则着重表现符合他身份性格的含混不清的自言自语。而当录音带响起，中年的克拉普尚能精神旺盛、意气风发地讲话，这一切语言都是准确地扣着人物性格而进行的，极好地表现了人物在不同的生命时期所表现出的不同状态。

而在人物的口语之外，《克拉普的最后一盘录音带》中还有一些诗性的语言，例如克拉普所唱的歌曲："白日忽终结，缓缓近黑夜——夜，——阴影——"[1]，或者"死亡这瞎子落下"[2]，"以往的午夜。从不知如此的寂静。大地上仿佛渺无人烟"[3]。这些话语增加了剧本作为文学作品自身的文学性，也多少暗示了克拉普知识分子的身份。如同混沌呓语中清醒锐利的一瞥，令人印象深刻。

（五）主旨揭示——荒诞世界中的无意义人生

《克拉普的最后一盘录音带》作为荒诞派的代表作，其主旨是与这一派别的一贯主张较为吻合的，即通过碎片化的剧情与人物言语，表现世界的荒诞与人生的无意义。在荒诞派的戏剧中，人生充满了绝望与痛苦，活着就是受到折磨，并且这折磨永无止境，充分表现了西方人在"二战"后内心的伤痕之重，以及在现代社会中遭受异化而变得无所适从的生活状态。

剧本的主角，克拉普在风残烛年尝试以播放录音带的方式追抚往昔，却发现自己对大部分回忆缺乏兴趣，也没有认同感，他所做的基本只是重复嘲笑过去的自己，正如39岁的克拉普也以为曾经的自己软弱可欺一般。录音

---

[1] 萨缪尔·巴克利·贝克特著，舒笑梅译：《克拉普的最后一盘录音带》，《国外文学》1992年第4期。

[2] 同上。

[3] 同上。

带被他调了又调，克拉普无法从回忆中得到当下的慰藉，他或许拥有过爱情，心中充满情欲，那是他人生中最为浓墨重彩的篇章，以至于他不断倒带，把这段回忆听了一次又一次。然而，当下的他仍是孤家寡人，在灯下自言自语，最后他承认"我身体中已经没那团火了"，并且"我不想它们回来"。深陷于荒诞绝望而放弃幸福的人大略如此。

《克拉普的最后一盘录音带》是一部带有浓厚自传色彩的作品，贝克特（Beckett）在这部剧本中投注了许多他的人生经历，例如他的母亲，与他的某段爱情。这是一部关于记忆的戏剧，寻常戏剧中的对话由主角克拉普与录音带交错完成，他尝试在回忆的过程中寻找意义，最后却一无所获，录音机空转，故事发生在未来的某一天。

三、演出情况及评价影响：经久不衰的艺术经典

《克拉普的最后一盘录音带》是贝克特（Beckett）最著名的作品之一，在全球不断翻演，并有音乐剧、歌剧、朗读剧等多种改编版本。

1958年，本剧首次在伦敦皇家剧院上演，1969年，贝克特（Beckett）在德国的希勒剧场主导了本剧的一场演出，这被视作《克拉普的最后一盘录音带》的最成功的演出之一。

大卫·凯利（David Kelly）、约翰·赫特（John Hurt）、哈罗德·品特（Harold Pinter）、里克·克拉彻（Rick Crutcher）、科林·雷德格雷夫（Colin Redgrave）等著名演员都出演过克拉普这一角色。

丹尼尔·萨克（Daniel Sacher）认为本剧是"英语作品中最伟大的著作之一"，《克拉普的最后一盘录音带》是荒诞派戏剧的代表作之一，被视作对"言说泛滥"的时代的某种预言。

《克拉普的最后一盘录音带》精彩片段

片段一

〔克拉普一动不动地坐了一会儿，然后重重地叹了口气，看看手表，手伸进口袋里摸索着，拿出一个信封，又把它放了回去，又摸索着取出一小串钥匙，把钥匙举到眼前，选出其中的一把，站起身来，挪到桌子前面。他弯下腰去打开第一只抽屉，朝抽屉里望了望，摸索着，从抽屉里取出一盘磁带，打量了一番，把它放回原处，锁上抽屉。他打开第二只抽屉，朝抽屉里望了望。在抽屉里摸索着，取出一根大香蕉，打量着这根香蕉，锁上抽屉，把钥匙放回口袋。他转身走向舞台边，停了下来，抚摸着香蕉，剥去香蕉皮，把皮扔在脚下，把香蕉的一头塞到嘴里，一动不动茫然地注视着前方。最后他咬了一口香蕉，转过身来，沿着舞台边缘，在亮光下来回踱步，一来一去都不超过四五步，沉思着吃着香蕉。他踩到香蕉皮，脚下打滑，几乎摔一跤，但又站稳了。他弯下身子把香蕉皮打量了一番，最后一脚把它踢掉，而后仍弯着腰，把一只脚放在舞台边缘和乐池之间。他又开始踱起步来，吃完香蕉，回到桌边坐了下来，一动不动地坐了一会儿，重重地叹了口气从口袋里取出那串钥匙，把它举到眼前，选出其中的一把，然后站起身来，挪到桌子前面，打开第二只抽屉，拿出第二根大香蕉，把它打量了一番，锁上抽屉，把钥匙放回口袋，掉转身体，走向舞台边缘，停下脚步，摸摸香蕉，剥去香蕉皮，把它扔进乐池，把香蕉的一头塞进嘴里，又是一动不动，茫然地注视着前方最后他想出一个主意，把香蕉放进背心口袋，一端露在口袋外面，然后他以最快速度走向隐在黑暗之中的舞台后部。10秒钟，传来开启软木塞时发出的响亮的"噗"的一声。15秒，他拿了一本旧账本回到亮处，在桌旁坐下，他把账本放在桌上，擦了擦嘴，把手放在背心的前襟上擦了擦，然后轻巧地把双手合拢在一起搓了起来。

克拉普　（轻快地）啊！（他埋头翻看账本，找到他所要的条目，读了起来）第3……盒……5……盘（他抬头瞪视前方。津津有味地）盘！（停顿）盘……！（幸福的微笑。停顿。他弯下腰开始打量并搬弄起桌上的那些纸盒来）第3盒……3……3第4……第2……（吃惊地）第9！老天爷呀！……第7……啊！小淘气！（他拿起一只纸盒，细细看着）第3盒（他把这纸盒放在桌上，打开，打量着里面的磁带）第5（他查看账本）……盘（他打量着那些磁带）……5……5……啊！小无赖！（他拿出一盘磁带，打量着它）第5盘。（他把这磁带放在桌上，然后合上第3只纸盒，把它与其他纸盒放回原处，拿起磁带）第3盒第5盘（他弯下腰津津有味地检查起录音机来）盘……！（幸福的微笑。他弯下腰，把磁带装进录音机，搓着双手）啊！（他眯眼查看账本，读着那页下端的条目）母亲总算安息了……嗯……那只黑球……（他抬起头来，茫然注视前方，困惑地）黑球？……（他又翻看账本，念了起来）黑护士……（他抬起头，沉思着，然后又重新打量账本，念道）肚子觉得好一点了，嗯……值得纪念的……什么？（他更凑近些翻看那账本）春分，值得纪念的春分。（他抬起头茫然注视着前方，困惑地）值得纪念的春分？……（停顿。他耸耸肩，又眯眼翻看着账本，念道）永别了——（他翻过一页）——爱情。

片段二

克拉普　刚才我听了自己前些年随便录下的几段话。我没有去查账本，但至少是10年或12年前录下的。我想当时我仍然和碧安卡住在凯德街。不谈这个了，基督啊，是的！这是桩毫无希望的事。（停顿）对她其实没有多少好赞美的，除了她那双眼睛。很温柔。忽然间我又看到那双眼了。（停顿）没人能比！（停顿）啊……（停顿）过去的那些下午真可怕，但我却常常发现它们——（克拉普揿下停机键，沉思着，然后打开放音键）——能帮助我开始一个新的……（迟疑）……回忆。真难相信那时的我竟会是那么一个毛头小伙。那嗓音！基督啊！还有那抱负！（克拉普附和着磁带里那阵短暂的笑声）还有那决心！（克拉普附和着磁带里那阵短暂的笑声尤其是酒喝得不多。克拉普独自发出一阵短促的笑声）统计资料表明，光在酒铺里就花去上述八千多个小时中的1700个小时。占醒着的时间的20%以上，就说40%吧。（停顿）打算过一次不怎么……（迟疑）……吸引人的性生活。父亲的最后一次生病。逐渐淡漠下来的对幸福的追求，难以得到松弛。对他所谓青年时代的嘲弄。谢天谢地这一切总算已成过去。（停顿）那是只假戒指。（停顿）杰……作的阴影。以一声——（短促的笑）——呼喊上帝的声音终止。（克拉普附和着磁带里那阵长时间的笑声）这一切痛舍又剩下些什么呢？是那个身穿寒碜的绿外套站在月台上的姑娘吗？不是。

当我——

〔克拉普揿下停机键，沉思着，看看手表，站起来，走向后部的暗处。10秒钟，软木塞"噗"的一声。10秒钟第3声"噗"。20秒钟，突然传来用颤抖的声音唱的歌曲。〕

克拉普（唱）：白天已尽，

黑夜将临，

阴影——

〔一阵咳嗽，他回到亮光处，坐下擦了擦嘴，打开放音键，恢复聆听的姿势。〕

片段三

〔停顿。他合上字典，打开放音键，恢复倾听的姿势。〕

磁带　河坝上搁了一张条凳。从坝上能看得见她家的窗子。在那刺骨的寒风里，我坐在条凳上，等着她出来。（停顿）一个人影也没有，除了几个常见的人，奶妈、婴儿、老人和几条狗，我跟他们都很熟——当然，这仅仅是指熟悉他们的样子：我特别记得一个年青的黑美人，她穿一身浆过的白衣服，推着一辆很大的有篷的黑色婴儿车，一辆阴森森的车。不管什么时候我朝那儿望，她总在盯着我。但是当我大胆地同她搭话时——没有经人介绍——她却扬言要叫警察。好像我要对她的贞操有什么不轨的意图一样。（大笑。停顿）她那张脸孔！那对眼睛！像是……（迟疑）……贵橄榄石！（停顿）啊，唔……（停顿）我正在那儿，忽然之间——（克拉普揿下停机键——沉思起来，然后打开放音键）——一幅卷轴式窗帘，一只球朝一条白色小狗扔了过去。我一抬头刚好看见了，就把它拿了起来。最后，一切结束。我手里拿着那只球继续坐了一小会儿，那狗汪汪叫着用爪子抓我。（停顿）一小会儿，她待了一小会儿，我待了一小会儿。（停顿）狗待了一小会儿。（停顿）最后我把球递给那条狗，它轻轻地把球叼在嘴里。那是一只小小的、黑黑的、破旧的、实心橡皮球。（停顿）一直到我死那天，我都会有把它放在我手里的感觉。（停顿）我本该留着它的。（停顿）可是我把它给了那条狗。

片段四

克拉普　刚刚听了自己30年前所扮演的那个蠢家伙所说的话，真难相信我那时竟是那么差劲儿。谢天谢地，这一切总算过去了。（停顿）她那双眼睛！（沉思，他意识到自己录下的只是沉默，就撤下停机键，沉思，然后）那儿的一切，一切，所有的——（他发现这段话没有录上，就打开录音键）那儿的一切，那些胡言乱语里所说的一切，那些（迟疑）……年头所有的光明和黑暗，所有的饥荒和盛宴！（喊道）是的！（停顿）让它过去吧！基督啊！（停顿。疲惫地）啊唔，也许他是对的。（沉思。发现自己在沉思，撤下停机键，查看信封）呸！（他把信封揉成一团扔掉。沉思。打开录音键）没话可说。真没有。这一年过得糟透了？发酸的口香糖，冰冷的铁板凳。（停顿）实在喜欢"盘"这个字。（感兴趣地）盘……！过去50万个瞬间中最快活的一瞬。（停顿）已经卖了17本书，其中的11本以批发价卖给国外的自由流通图书馆。出名了。（停顿）每本大概是1镑6先令多，我相信是8便士。（停顿）在夏天转凉之前爬出去一两次。坐在公园里颤抖，沉浸在睡梦之中，急切地等待着死去。看不到一个人。（停顿）最后的幻想。（急切地）收起这些幻想吧！（停顿）重读《艾菲》又灼伤了我的眼，每天读一页，又流下了眼泪。《艾菲》……（停顿）在波罗的海，在松树林里，在沙丘上，我和她在一起时开心过吗？（停顿）我开心过吗？（停顿）她呢？（停顿）呸！（停顿）范妮，那瘦得皮包骨鬼一样的姨子，来过几次没有多大用处，不过比在大腿根上兴奋一下强点儿。最后一次还算不坏。你这种岁数了，她说，你怎么干得动呢？我告诉她，声称为她储备了一辈子。（停顿）一次去做晚祷，像穿着短裤去的。（停顿。唱）

片段五

磁带　　鹅莓。她说，我再一次说，再这样下去是没有指望的，也没有好处。她表示同意，仍然闭着眼睛。（停顿）我要她睁开眼看看我，过了一会儿——（停顿）——过了一会儿她照我的话这样做了。可是在耀眼的阳光下她只好眯着眼。我朝她弯下身子，遮住阳光，于是她的眼睁了开来。（停顿。低声地）我们随着流水漂进一丛鸢尾花丛中，船被缠住了。那些花叹息着在船头倒伏下来。（停顿）我躺在她身上，脸埋在她胸前，手放在她身上。我们一动不动地躺在那儿。

〔停顿：克拉普的嘴唇翕动着，但没有出声。〕

都过了午夜了。从来没有经历过这份宁静。地球上好像没有人烟。

〔停顿〕

我就要结束这盘磁带了。第3——（停顿）——盒，第5——（停顿）——盘。也许我一生中最美好的时光已经过去了。那时曾有过快乐的机遇。可是我并不要它们回来。现在我已心如死灰。不，我不要它们回来。

〔克拉普一动不动地瞪着前方。磁带无声地继续转动着。〕

——摘自《国外文学》1992年第4期，作者：萨缪尔·巴克利·贝克特（Samuel Buckley Beckett），翻译：舒笑梅

在女性走向自由的路上:《只有一个女人》

一、剧情简介：家庭主妇的失落悲剧

苏菲是一位厌倦与丈夫相处的家庭主妇，在生育之后倦怠于生活无趣，提出学习一门外语以应旅行。然而，从丈夫那里得不到任何精神与性欲满足的苏菲，却与来教学的年轻大学生发生了婚外恋情。在年轻人因思念不得而大病时，他的母亲前来哀求苏菲去看望自己的儿子，苏菲于心不忍，前去探望，在年轻人以死相逼的狂热追求下沦陷其中。但这件事很快被苏菲的丈夫发现了，他怒不可遏，将自杀未遂的苏菲反锁家中，让她自此只能整日与因车祸受伤的小叔和自己年幼的儿子为伴。苏菲的处境并不好，丈夫狂躁多疑，对她施加诸多暴力；下流的小叔即使伤到只有一只手能动，也没有停止对她的骚扰；住宅附近还有一个窥探癖，常拿望远镜来侵占苏菲最后的自由……就在苏菲向新结识的邻居倾诉这一切时，小她十五岁的情人又来到家中找她，苏菲在情人的病态狂热下认清自己所谓的爱情不过是受情人性欲冲动所控。而此时，一通告知丈夫出轨与少女生下孩子的电话、不住地对自己进行骚扰的小叔、再度对准自己窥视的望远镜交织在一起，混乱的生活彻底压垮了苏菲，她再度自杀，被邻居劝阻。冷静之后，她轰走了情人，将小叔从楼上推了下去，拿枪回击了窥探癖。而在做完这一切后，她又端起枪对着大门口，等着即将要回来的丈夫……

二、鉴赏视角

（一）达里奥·福（Dario Fo）夫妇：讽刺喜剧的现实悲剧性

《只有一个女人》是由意大利的达里奥·福（Dario Fo）与弗兰卡·拉梅（Franca Rame）共同创作完成的。达里奥·福（Dario Fo）是意大利知名剧作家与戏剧导演，于1926年出生，2016年去世。他一生创作的剧本有五十多部，类型多样，内蕴丰富，展现着底层民众的生活和作者对政治时事的讽刺，极高地糅合现实色彩和讽刺艺术，被称作"人民的游吟诗人"。1997年，他获得了诺贝尔文学奖，从而获得了更多瞩目。弗兰卡·拉梅（Franca Rame）是达里奥·福（Dario Fo）的妻子，也是意大利著名的戏剧演员，二者常常共同进行文学创作，关注妇女题材，还合演独幕剧《开放的情侣》，在达里奥·福（Dario Fo）的艺术创作中深深留有弗兰卡·拉梅（Franca Rame）的影响。达里奥·福（Dario Fo）还著有如《一个无政府主义者的意外死亡》等优秀作品，他的作品具有"喜剧狂欢性、现实悲剧性和意大利民族性"[1]，最终呈现极大的针砭力度和极强的政治讽刺意味，同时也呈现出群众现实生活下的人性矛盾问题，以喜剧风格写现实矛盾，以嬉笑怒骂成人生问题，正如诺奖给予他的评价："他在贬斥权威并维护受压迫者尊严的喜剧创作中，继承了中世纪丑角的精神"[2]。

（二）两次自杀未遂的女性精神世界

全剧的主要情节即矛盾冲突有二，一是苏菲与年轻大学生发生婚外恋情

---

[1] 何真：《论达里奥·福喜剧的特点》，上海戏剧学院硕士论文，2007年。
[2] 1997年诺贝尔文学奖授奖辞。

并被丈夫发现，二是苏菲不堪忍受而走向的反叛。在这两处高潮中有共同情节——苏菲的自杀未遂。第一次是苏菲从情人以掩盖性欲编织的理想爱情跌回丈夫代表的社会伦理之中，第二次是苏菲对反锁房间内种种男性中心互相争夺对自己精神倾轧的反叛，相似情节形成前后呼应，将苏菲代表的女性自由与独立在男权中心下的圈囿倾轧、自然欲求被社会伦理偏移失落的悲剧呈现。苏菲对婚外恋情是懵懂不清的，她只是从丈夫的霸道男权进入到年轻男性的男性骗局之中，实质是性欲表征下男性争夺的附属，于是在丈夫发现婚外恋情时，男性权力相冲突而对苏菲形成挤压。之后，她被丈夫反锁在家，年轻情人的狂热执拗让她真正认清其性欲冲动的本质，而小叔的下流行径、丈夫的出轨背离、窥探者的隐私侵占……这些男性权力不同程度地冲突和倾轧形成的混乱，使得附属位的苏菲再度选择自杀。最终，苏菲走向了对压迫她的男性中心文化、性欲冲动支配进行一一反叛了结的道路，也走向了全剧最高潮的覆灭。这是在男性中心下女性精神世界被拉扯失落的悲剧，也是追求独立自由最后的毁灭。

（三）巧妙建构的多条线索与叙事顺序

《只有一个女人》有着多条线索。对丈夫的感情变化、与情人的发展联系、对下流小叔的应对、对窥探者窥视的厌恶乃至对亲生子女的情感，构成了并不具强关联性的多线叙事，体现着主人公苏菲在每条线索中的精神探索与伦理挣扎。在表面无序外，全剧实际上形成了精巧的叙事结构，男权性欲这一主题对苏菲的精神冲击随线索递增而递增。首先发生的是苏菲同丈夫的结合，紧接着发生的是与大学生的婚外恋纠葛，然后下流的小叔、窥探者窥私是同时发生的。所有线索依次发生，又同时出现矛盾，在混乱之中达到了故事的高潮，这时苏菲已经认识到婚外恋情也是性欲冲动，所有的线索中的男性"菲勒斯"权力中心①便共同构成了对她精神世界的倾轧，共同的矛盾集合成最大的高潮，又共同走向结束，体现着结构的向心性，以假定性建构"激变的戏剧情境，使得潜伏的矛盾冲突得以迅速爆发"，从而"整个戏剧进入一种狂欢化状态"②。此外，顺叙、倒叙与插叙多种叙事方式并存，在所有线索共同发生矛盾、走向覆灭的混乱剧情中采取的是直接明了的顺叙，便于观众理解；在对与丈夫的结合和婚外恋的发生叙述中，倒叙又慢慢设置疑问并解开；而对小叔与窥探者的插叙，则既巧妙介绍了两条线索与人物特点，又使得二者的形象经简单勾勒便在全剧立体化，引起观众共鸣。

（四）附属与独立、顺从与反叛的畸形人

作为全剧中心人物的苏菲，表面上是一位中层家庭的家庭主妇，生活富裕而缺少激情，实际上只是一个追求灵肉平等而致精神失落的男性中心文化的附庸而已，受着丈夫、情人的自由侵占和小叔、窥探者的妄图侵占。她的实质是男权社会对女性支配下出现病变的畸形人。在男性中心与性欲冲动下，以性欲符号为代表的男性中心文化对她进行身体与精神的束缚圈囿。于是在苏菲身上，她一方面有着追求个体独立自由、渴望真正平等的意识；另一方面又深受男性中心辐射权力的压迫，在这一矛盾冲突中、在男性彼此争夺对她的撕扯催化下，她最终选择走向覆灭的反叛，直接意义上对男性性欲和权威进行了反抗。同时，苏菲这一人物形象也具有女性弱点的代表性，即其不坚定性和服从性，二者源于她一直接受的男性权力文化。面对婚外恋，

---

① 孙桂荣：《菲勒斯的性别化表述》，《文艺争鸣》2008年第10期，"'菲勒斯'是英语中phallus一词的音译，意为男性生殖器/阴茎的形象，西方女性主义往往以此作为男性文化的象征。"

② 冉东平：《论达里奥·福的狂欢化戏剧》，《外国文学研究》2005年第4期。

苏菲的精神尚未独立，具有不坚定性，在被丈夫撞破后，她的不坚定性使她成为男性权力争夺下的附属。而在丈夫的权威下，她又习惯服从，对情人、小叔等的精神侵占也逆来顺受，具有软弱性。当暴躁高压的丈夫、狂热执拗的情人、下流猥亵的小叔、窥探自由的窥视者多重男性权威共同压迫她、侵占她的自由时，不坚定性和软弱性共同颠覆为悲剧反叛。

（五）混乱发笑的口语和尖锐的黑色幽默

全剧语言通篇建立在苏菲的个人叙述与对话表现中，具有极强的个人化色彩和口语性表现，也因而难免显现出一定的混乱性。由于苏菲在精神上的受控与失落，在男性冲突下的覆灭等人物特点，其语言表达也因而短小、反复、混乱。混乱的语言不仅助于展现苏菲精神上的纠结痛苦，也有助于表现叙事中的细节和人物内心世界，比如苏菲被丈夫捉奸时细致的自我独白，大量混乱无序的口语表达体现了她内心的彷徨与崩溃，从表层的语言层面就展现了她精神的不自主。同时，通篇的口语中内含大量的比喻，这些比喻构建出语言的幽默性和戏剧色彩，同时构建出讽刺内涵。既具有戏谑幽默，又具有辛辣讽刺，更加直白简明，也更加具有调侃的荒诞特点，呈现全剧语言上的黑色幽默色彩，于混乱中展现精神世界，于比喻中生动戏谑讽刺，通过混乱的、引人发笑的语言在讽刺中解构男性中心文化的不平等，展现女性的精神状态。

（六）两性平等的追求和女性出路的思考

本剧通过一名女性在四名男性不同性欲压迫下纠结痛苦的精神挣扎，展现了一出崩溃覆灭的悲剧，也借此揭示了男性中心文化下女性的不自由与精神的不平等，通过男性权力冲突下女性附属的悲哀而呼唤女性觉醒，反抗与自由鼓舞抗争的勇气。丈夫、情人、小叔、窥探者四名男性以性欲符号为表征，在不同层面上将与苏菲的关联物化为性欲冲动，对苏菲的个体自由进行了不同程度的侵占压迫，使得她在男性中心的冲突下、在独立自由的失落中崩溃而反叛。她厌倦附属但又安于附属，无法像出走的娜拉那样独立自由，婚外恋情只是她对灵与肉和谐统一的女性梦想的短暂尝试，却又因丈夫的男性强权和情人的性欲追求而破灭，四位男性对她无论是身体上还是精神上自由空间的分割倾轧促成了她一再忍受后的不堪反叛，这正是剧作的主旨——男性对女性的物化和倾轧只能带来女性的悲哀，而解决办法必须是由女性主动抵抗。

同时，剧作又在这一主旨上提出了女性的弱势问题，即不坚定性与依附奴性，正是苏菲追求自由的不坚定性和对男权依附服从的附属心理，才导致了她最终的悲剧，也因而她只能选择这样一种覆灭式的反抗结局。灵与肉的和谐象征两性的平等尊重，但全剧失落的却正是这种平等独立，性欲作为男性强权的表征被大大强化，成为强权对女性的施压，如果女性依然留有精神弱势，只能不堪忍受而走向悲剧，在"菲勒斯"中心文化下，只有冲破男权束缚与摈却自身弱势，争求反抗与独立，才能争得女性自由与平等。

三、演出情况及评价影响：当女性走向自由

《只有一个女人》是意大利戏剧作家达里奥·福（Dario Fo）与妻子弗兰卡·拉梅（Franca Rame）共同创作的女性主题剧作之一，在意大利上演，近年来经过中国化改编进行演出尝试。2007年12月，由何雁导演、周鸣晗主演的《只有一个女人》作为上海戏剧学院首届艺术硕士毕业剧目在端钧剧场成功上演。此后，2016年12月上演的笑毅导演、戴宇晗主演的火柴盒剧

社版及 2018 年 3 月至 4 月上演的马赫导演、董双主演的大酒剧团版均不同程度地进行了新的演绎尝试。三者均在总体上遵循原作，在细节上加以中国化改编，虽然极大程度地还原了原作的戏剧艺术和宗旨导向，但由于达里奥·福展现的欧洲荒诞并未演变为中国化矛盾、内质的狂欢化文化背景不同等原因，观众感受上形成了一定距离，女性主义伸张的土壤铺垫不足，精神的简单移至未能真正融合社会思考。

不过，达里奥·福（Dario Fo）戏剧的深沉社会性依然为中国戏剧导演所看重，对其剧作的演绎正是源于他的话剧"与古老的东方艺术相通""与中国的戏剧人一拍即合"①，这些演出为中国化改编所做的尝试、展现的戏剧性冲突和内蕴的精神思考，以及成熟的表演依然值得肯定，在新的时代，也无疑是女性走向自由进程中颇有意义的回望。

《只有一个女人》精彩片段

片段一

女人　　我一个人在家时总喜欢把收音机开得震天响……不然我会觉得整天像是埋头在烘箱里……我一直让开着……（走向右面的一扇门。音乐声正是从门里传出来的。）能听见吗？厨房里有一台收音机……（她走到另一扇门，那里传出相同的音乐）能听见吗？所以不管在哪个房间我都不会感到寂寞。不……卧室里没有音响，卧室里放那玩意儿有点不合适！……现在我在那放了一台电视机……它一直开着——是我让它一直开着！是啊，我就喜欢

---

① 郭富民：《达里奥·福同志和我们在一起》，《中国戏剧》1998 年第 12 期。

音乐，即使不能和着节拍跳舞的音乐我也喜欢……凡是音乐我都喜欢，音乐声能陪伴我。你有什么来陪伴？噢，你有个儿子！说来我也有个儿子！事实上我有两个孩子……可如今他们都不在陪伴我了。大女儿已经长大了。你知道是怎么回事，她有了同龄的朋友……小儿子仍在我的身边，他没有伙伴……可他每天就是咿咿呀呀，吃奶睡觉打呼噜……噢，我不是在抱怨，我真得过得挺舒坦……我想要得都有了……我丈夫把我视为掌上明珠！我拥有了一切！我拥有的太多了……我有冰箱！是的，我知道人人都有冰箱，可是（加重了语气）我的冰箱能做圆形的冰块！！我还有一台进口洗衣机……我知道家家都有洗衣机，但是我的洗衣机有二十四个电脑控制的洗衣程序呢！它不光洗衣而且还能烘干……呦，它烘干的效果这是没说的！有时我不得不把衣服再弄弄湿才能熨……出来的衣服干得没一点水分！还有厨房里不粘面的厨灶……配套齐全的炊具……每间房里都有音乐……这样的生活我还求什么呢？我毕竟只是个女人！

片段二

女人　　嘿，宝贝，我来了……我是你的！来吧！（她迎着欢快的喇叭声走去）来吧……（她把轮椅推到门口）我带你去散个步，很性感、很美妙的散步！（她把轮椅推出了房门。重重的撞击声。接着喇叭声和撞击声交织在了一起）小心玻璃门。（响起了玻璃的碎裂声）一个解决了！！……

〔孩子发出的震耳欲聋的哭声把她引向卧室。但走了没几步，她就停在了舞台的中央，抬头望见窥视者……她对他暧昧地笑笑，

算是跟他打招呼。然后慢慢地走到桌子前,作出性感的动作……向他抛着飞吻。猛然她抓起枪对他扣动了扳机,一声枪响……〕

女人　（咬牙切齿）下流胚,这下你不再下流了!两个解决了!!……（她正要去看孩子,电话铃又使她停住了脚步。她接电话时嗓门响得像炸雷）喂!!……（她变了语调）是你呀,我亲爱的丈夫……（她的语调变得又柔又甜）是的,我很好……是的,是的,一切都很安宁……你可以回家来……我等着你、我等着你……（她挂上电话。对邻居说）不,亲爱的,别担心……我很平静……非常平静……

〔她的身体依靠着桌子,慢慢举枪瞄准着门口。〕

女人　（缓慢地）我在等他……心如止水……

〔她的枪口瞄着门口。

舞台灯光渐渐熄灭。

音乐扬起——那是一支优雅的小夜曲。〕

——编剧:达里奥·福（Dario Fo）

女性命运的一曲悲歌:《最后的瞬间》

一、剧情简介:天真少女的堕落

年近四十的诺埃米,在少女时代是一个对未来有着美好憧憬的、天真烂漫的女孩,她爱上了喜欢说英语的同学莱昂西奥,无比憧憬着自己能够穿上洁白的礼服走进教堂嫁给他。但是诺埃米的家庭教师代数教授却将两人恋爱的事情告诉了诺埃米的父亲。诺埃米的父亲极力阻挠,代数教授也从中作梗,最终导致莱昂西奥离开了诺埃米。这位号称维护"道德"的家庭教师,又趁机在单独授课期间骚扰诺埃米,将肮脏的手伸向了诺埃米的胸口。莱昂西奥的离开和代数教授的骚扰让诺埃米最终决定离家出走,去寻找莱昂西奥。在出走途中,诺埃米遇到了一位"好心"的汽车先生,想要捎她一程。汽车先生用花言巧语将诺埃米骗上了车,并在车上强奸了她。接着,汽车先生将诺埃米扔在一个十分偏僻的地方,让她住在那里,而且长时间不去看她。诺埃米在那里生下了她和汽车先生的孩子托马西托,但是在托马西托五岁的时候,汽车先生强行带走了孩子。如今的诺埃米已经不再年轻,她一无所有。为了生计,她从一名舞女渐渐沦落成了一名妓女,她想要见到自己的儿子,但又害怕儿子会以有她这样的妈妈为耻,不愿意认她。诺埃米孤苦伶仃,无依无靠,一步步走向堕落,最终因为热病,在精神失控的情况下死在了家中。

二、鉴赏视角

（一）多米尼加的历史剧作家

弗兰克林·多明格斯（Franklin Dominguez），1931年出生在多米尼加共和国的圣地亚哥·德洛斯卡巴莱罗斯。是著名的剧作家、戏剧导演、演员和新闻工作者，他被称为是"多米尼加的历史剧作家"。他先后在国立戏剧艺术学院和美国的奥斯汀大学学习和研究戏剧艺术，回国后，组织了喜剧艺术剧团。从1953年开始，他开始创作剧本。他的戏剧创作很多，剧作十分丰富，有《奥马尔和其他人》《成熟的麦穗》《毒品》《奇怪的审判》《阿尔维托与埃西利亚》《等待》《幽灵的集会》《科隆、水和断电》以及《寻找一个诚实的人》等七十多部。他的剧作艺术着重于塑造不平凡的英雄人物和再现多米尼加的重要历史阶段，赞扬多米尼加历史上和目前社会上涌现的最优秀的人物，嘲弄那些阻碍了人类健康成长的人和行为。他十分关注社会底层的为生存而斗争的平常百姓，并用剧作来表现他们的痛苦和不幸，给予他们深切的同情。《最后的瞬间》是弗兰克林·多明格斯（Franklin Dcminguez）在1964年创作的具有代表性的作品，是站在女性视角对自身命运的一次深刻的探讨。

（二）诺埃米对自己一生的回忆

《最后的瞬间》讲述的是一个年仅四十的女人诺埃米在夜晚从街头后又回到家中的游荡经历，剧作通篇是诺埃米一个人的独白。此时的诺埃米已经是一个精神崩溃麻木的可怜的女人了。她在街头回忆起自己与代数教授的接触，咒骂着代数教授对她不轨的行为，紧接着她对她的朋友阿妮塔讲述着自己与莱昂西奥的爱情和她离家出走之后遇到汽车先生的经历。在她对阿妮塔说的话中，表现出了她对莱昂西奥的纯真的、炽热的爱情。但在中间穿插着的她与街边年轻男子的对话，又显示了她的放荡与轻浮。这是剧作的第一场景。

剧作第二场景发生在诺埃米回到家之后。诺埃米回忆起了自己与汽车先生的儿子托马西托小时候的事情。托马西托在五岁的时候被汽车先生强行带走了。她一方面盼望着托马西托能够回来看望她，但又怕托马西托会因为她的存在而感到羞耻。诺埃米的神经已经错落，她幻想着托马西托讽刺嘲笑她为妓女、婊子，她将敲门声想象成是房东替托马西托敲门。她端起酒杯，脱下衣服，开始跳舞。最终，诺埃米在脑海里的敲门声中，由于热病的发作而死亡。

（三）结构特色：现实与过往的交织

本剧最突出的特色就是作者采用了现实时空和过去时空交错组合呈现的戏剧结构。多明格斯（Dominguez）采用意识流、回忆等叙述手法，把现在和过去、现实时空和过去时空——以及心理时空——拼贴、结合在一起，通过诺埃米之口，让她时断时续地说出自己的人生故事，以破碎的片段打破了叙事的清晰和有序，断断续续地勾勒出了主人公悲惨的一生。

整部单人剧可以分为三个时空——现实时空、过去时空和心理时空。诺埃米在大街上与陌生男子对话拉客和诺埃米回到自己的家中这两个场景为现实时空。作者在这两个现实时空的正常叙事之中又加入了四个过去时空，以此来打破现实时空有规律的叙事，这四个过去时空片段分别是：诺埃米和阿妮塔谈论自己与莱昂西奥的爱情、诺埃米被汽车先生骗上车的故事、托马西托和诺埃米的故事以及汽车先生夺走托马西托的故事。除此之外，诺埃米和莱昂西奥的戏可以被定义为心理时空。这三个时空不断变化、相互交叉、相互重叠，正如同诺埃米在莱昂西奥、汽车先生和托马西托三个男人的影响下，所经历的支离破碎的悲剧的一生。

（四）从单纯到轻浮的改变

本剧的中心人物诺埃米是一个悲苦、凄惨的女性形象。她的美好而纯真的爱情被父亲拒绝，父亲本处于好意为她请家庭教师的举动却又间接地导致了她的出走以及遇到汽车先生被强奸。剧本开头的描写就可以看出诺埃米日日过着酗酒的夜生活，在街道上毫不顾忌地向陌生人要烟并调戏着过路的美国人。她的命运是悲惨的，她被汽车先生强奸，并轻易听信了汽车先生的话与他同居，而自己的五岁的孩子又被汽车先生带走。作为女人和母亲，诺埃米无疑是悲苦的。

诺埃米虽然年近四十，但仍然有着年轻少女的美丽与风韵和爱慕虚荣的心。在少女时代，代数教授夸赞她美，并对她有不轨行为时，她虽有过质疑，但却由于她的虚荣心，她并没有制止教授的行为。当汽车先生提出捎她一程时，她虽有疑惑，但却没有禁受住汽车先生对她容貌的夸赞，最终还是上了汽车。面对强暴过自己的汽车先生，诺埃米并没有立即离开他，而是轻易地又一次相信了他并与他同居，最终又导致了自己失去孩子的悲剧。诺埃尔是一个崇尚纯真爱情、挚爱自己的儿子的人，但同时她也是一个爱慕虚荣、头脑简单、容易轻信他人的人。

（五）意识流与含蓄形象的语言特色

多明格斯（Dominguez）在《最后的瞬间》中着力塑造的是一个精神失常、语言混乱的女人，它是一部"以人物的具有意识流特点的心理思维逻辑为支点结构作品"①。意识流语体主要是表现人类心理活动中的幻想、回忆、推理甚至是潜意识,具有意识流特点的语言是流动的、混杂的和具有呈现性的。精神失常的诺埃米经常与一个假想的朋友说话,抑或是自言自语、自问自答。她的语言并没有逻辑性,一会儿向神父说着自己"我并不苦恼,我不要忏悔",一会却又将话题转移到了与阿妮塔对爱情的谈论上;一会儿与阿妮塔讲代数教授对自己的侵犯,下一秒这个幻想的对话对象却又变成了汽车先生。诺埃米混乱的精神使她的语言断断续续,毫无逻辑,最终呈现给读者的是一种时断时续的、朦胧的、片段的意识。

其次,《最后的瞬间》的语言还含有一种含蓄感和形象感。"汽车"——这个改变了她一生的轨迹的东西是她精神中永远的折磨。所以当她在回忆到自己的儿子托马西托时,从不提他父亲的真实称谓,而是"我怀的是汽车的孩子""他像……汽车""汽车把他带走了",用"汽车"代替男人,极具含蓄性和形象性,就像是对当初头脑简单的自己轻易上当受骗的一种嘲讽和对自己被人带走孩子的悲惨经历的心酸体悟。

(六) 对现实的批判与人生命运的探讨

《最后的瞬间》是多明格斯(Dominguez)创作的一部社会悲剧。当时的多米尼加处于冷战时期,经济状况动荡不安。而统治者又采取残忍地镇压人民的手段,进一步造成了社会的混乱。多米尼加长期处于殖民地状态,社会生产力发展水平相对低下,男子处在社会生产的主导地位,妇女的社会地位则非常低下。《最后的瞬间》通过诺埃米一个人的独白,反映了当时多米尼加妇女的悲惨痛苦的生活状况,以及对幸福温暖的婚姻家庭生活的渴望。她

---

① 周豹娣编著:《独幕剧名著选读》,上海书店出版社2011年版,第152页。

不断地说着"我得走""我仅仅要走,走,不停地走……""我走,走,不停地走,走得疲乏了……"这个"走","既包含着她对当年没有'汽车'中逃脱的潜意识里的自我罪恶感,也包含着如今她对生活的无归属感的象征"。① 作为一部以女性为视角的单人剧,多明格斯(Dominguez)不仅仅将主题局限在对诺埃米悲惨命运的同情,而更是突出了他对生存意义的思索和探讨。

作品的着眼点在于诺埃米的"美的被毁":诺埃米一直是一个单纯的、具有一颗向往美好的内心的女性形象,她堕落的根本原因并不在于她自己,而在于这个社会。诺埃米所受到的社会的冷酷残忍的对待,展示了当今人们对未来美好生活的畅想与憧憬和黑暗冷酷的社会现实之中的不可调和的矛盾,也展示了剧作家多明格斯(Dominguez)对女性低下的社会地位的反思与批判。

三、演出情况及评价影响:风格犀利,深刻影响中国戏剧

多明格斯(Dominguez)一生创作了七十多部著作,这些著作体现了作者对社会现实的反思和对黑暗社会的批判。在《奇怪的审判》中,多明格斯(Dominguez)通过主人公萨姆埃尔·埃斯特拉达(Samuel Estrada),无情抨击了特鲁希略(Trujillo)的专制统治;在《毒品》中,多明格斯(Dominguez)严厉批评了吸毒的恶习,有利于推动健康文明社会的建立;在《成熟的麦穗》中,他表现了人们渴望摆脱暴君的专制统治、争取独立自由的强烈愿望。多明格斯(Dominguez)以一个"身在其中的旁观者",冷静地审视社会现状,并积极为此提出自己的解决方案。

---

① 周豹娣编著:《独幕剧名著选读》,上海书店出版社2011年版,第154页。

《最后的瞬间》作为多明格斯（Dominguez）的代表作，人物形象突出，主题鲜明，台词含蓄，具有美感并兼具象征性。作品虽创作于20世纪五六十年代，但在20世纪末，中国就已经将其引进，并作为表演教学剧目演出。当时多将其处理成无对象表演，演绎女主人公与多个人物的交流。

21世纪以来，中国更是对《最后的瞬间》进行了深度挖掘。比如在2010年上海国际音乐剧演出中，《最后的瞬间》被首次改编为音乐剧参加展演，并在国外多次参演。这为我国原创音乐剧的发展提供了宝贵的借鉴经验。同时，多本表演教学教程都将《最后的瞬间》收入其中，探讨戏剧表演的角色塑造、舞台效果、灯光设计、服装色彩等因素，比如中国戏剧出版社出版的徐卫宏主编的《表演片段教程》，就以《最后的瞬间》为例，讲解表演的教学精神和教学技巧。可以说，《最后的瞬间》作为一部出色的单人剧，对戏剧表演艺术的发展产生了不可忽视的影响。

《最后的瞬间》精彩片段

片段一

诺艾米　对我讲道德！（笑）那个代数教授到我家里来的时候，我不愿意见他，我不愿意见他，我不愿意见他。（受到责备）为什么你们逼着我让他给我单独授课？为什么？（轻蔑地笑）还要跟我讲道德！（走到舞台中央，大声地嚷起来，似乎在答复有一个人对她的警告。）我不能这个时候在街上溜达？谁能禁止我这么干？什么法律把街道对孤寂的灵魂封闭了起来？（对另一个人低声下气的）给支烟抽吧？（作出一种向对方否定的态度答以"不要紧"的容忍的手势）（听到警察的训斥，她又愤怒起来。）哼！警察！

跟人要支烟抽有什么不好？这就是给别人找麻烦吗？好，我走。（她换了一个地方）走？也只是从这一个街区，走到另一个乌黑发霉的街区。（现在她看见了一个什么人，眼睛里燃起了诱惑的火焰。）Hay boy, have you a cigarette?（随和）等女朋友吗？（挑逗地做媚眼）我是单身一个人。我喜欢跟美国人在一起消磨夜晚。你看，怎么样？（听对方的话，然后，生气）走你的路吧，傻瓜！你没有烟，你也没有钱，见你的鬼去吧！粗野的水兵！他以为他是到了天堂。（对神父）神父，自从您给了我那顿训诫之后，我没有喝过酒。（厌烦地叹气）我不过是走得疲乏了……（不理解）为什么要对我讲道德？因为我跟随便哪个男人睡觉，只要他们有钱，有酒，或者有烟，我就是不道德的了？（犹豫）也许是。神父，谁是有道德的呢？谁？您？（思考）是的。您大概是。（为自己辩护，控告别人）可是，她呢？阿妮塔呢？她等在窗口，等着莱昂西奥从家里出来，就对他说话，调情？还有那位汽车先生，他答应我去找莱昂西奥，让我上他的汽车。还有那位女邻居呢，她把孩子丢到家里，每天到朋友家里玩牌？他们都是有道德的吗？还有她的丈夫，他把女秘书按在写字桌上，使她几乎没有了气。他是有道德的吗？不是，大概不是。好啦，好啦，你别说了，我怎么知道谁是有道德的，谁是没有道德的？为什么非要给我找个代数教授呢？我从来不懂的代数，因此，我怎么能懂得道理呢？我不要忏悔，我什么也没做错，我什么也没做错。我是个酒鬼，大脑已经麻木了……

片段二

诺艾米　阿妮塔,我告诉你个秘密,你不要对任何人讲。前几天,代数教授到我家辅导功课的时候,他拉着我的手对我说:"诺艾米,你长得真美!"你说,我长得美跟代数有什么关系?(坦率)可是我爱听。他对我说这个,我很爱听。(推心置腹,稍稍脸红)我告诉你,他还偷偷碰了我的胸脯……好了,好了,阿妮塔,别笑了。可是,他拉我的手的时候,我什么感觉也没有。我喜欢莱昂西奥,有一天,我们是要结婚的。阿妮塔,你别生气,阿妮塔,你别走,阿妮塔!(仿佛女友跑开了)为什么代数教授要插身进来?为什么他要把我和莱昂西奥的事告诉了爸爸?为什么莱昂西奥用英语为自己辩护,仿佛是不让人家听懂他……大家都反对我们恋爱的时候,当莱昂西奥离开我的时候,我决心逃走。逃走总是容易的,难的是下决心……而我,已经下了决心去找莱昂西奥!(意外的邀请使她一惊,回过头来。)什么?先生,叫我上您的汽车?可我不认识您。(欲走开)您是问我到哪里去?(右手指右边)那边。(更正)不,不对……(用左手指左边)好像是往这边。(不能确定)我不知道。(不安)您知道莱昂西奥在哪里吗?(惊讶)您开车带我去莱昂西奥?(不相信)可是我不认识您。(受到恭维而笑)您也认为我长得美?您说,您让我跟他都搭您的车?(接受了邀请,上了他的汽车)谢谢,您真是个好人。(手被对方握住)先生……别这样。(对方手搭在她肩上)先生,你干什么!让我下去!我要走!(欲下车,但车门打不开)这是到哪了?先生,这里离城很远了。您要伤害我了。放开我!

不要碰我！让我走！（叫喊）莱昂西奥！莱昂西奥！莱昂西奥！

片段三

诺艾米　我要生孩子了！要做母亲了！莱昂西奥，你看，这是我和你的孩子。什么？不是你的孩子！代数教授，不可能是代数教授的，他只不过碰了碰我的胸脯。（回到现在，自言自语地）其实，我早就清楚，我怀的是汽车的孩子。（见一人过去）Hay, boy, give me a cigarette, please! Give me a cigarette!（跑着追出了舞台，一直把他追上，然后嘴里叼一支烟回来）谢谢，朋友。（抽一口，吐烟）这叫我多么痛快！（回头望了望，似乎那里有人在对她喊叫。）好吧，警察。我这就去睡觉。别再嚷嚷了。（准备回自己的家。忽然她停住脚步，机械地转过身来，看着街灯下面遗忘了的鞋。她弯下身子，以一种厌烦疲倦的神情，郑重其事地拿起来，提在手里，慢慢往家里走。进了房间，她轻蔑地看了看屋子里的一切。然后把手里提着的鞋扔在床边，走向一只小桌，拿起桌子上的酒瓶，倒了一杯，喝下，用手擦掉脸上的泪痕，坐在床沿，眼睛望着地面。）莱昂西奥不知怎么样了？还有爸爸？妈妈？我从来没有回去过问问他们怎么样。（仿佛在责备孩子。）托马西托，我跟你说了多少遍了，别跟比你大孩子玩，他们会欺负你的。我们回家。（命令）进去，托马西托。

片段四

诺艾米　（转过身来，朴实而单纯地，以向人告诉一个好消息的那种快乐情绪。）您知道吗，我把这个孩子生下来了。（满意地）每次我们在一起的时候，我都说，我的孩子长得像莱昂西奥，跟他像极了。（怀疑）像极了？等一等……（站起来，走向一只柜子）我们可以证实一下，他是不是真的像莱昂西奥。（打开一只抽屉，拿出一张相片，看着，失望）噢，不像！一点也不像莱昂西奥。他跟汽车里的人一模一样。（回到床边坐下，忽然注视着相片）他也像我……眼睛像我。我的眼睛是什么颜色的？我从来没有关心我的眼睛的颜色。等我瞧瞧……（拿过一面镜子，注视）我的眼睛是黑的。托马西托呢？托马西托的眼睛是绿的。（吃惊）那么他的眼睛不像我了。他像……汽车。是的，他是绿眼睛，还有眼睛里的那种渴望、欲望跟他爸爸一样。我讨厌汽车那双眼睛！（把照片狠狠地摔到地上。又变得温柔地、慈爱地把孩子的相片拾起来围在胳膊里，摇晃着，仿佛在抱着一个初生的婴儿）睡觉吧，我的小宝宝。睡觉吧，我的小宝宝。（哼着一支摇篮曲。停住。眼光里充满恐惧，把相片按在胸前，用几乎窒息的声调喊叫）别碰他！别碰他！您不能把他带走。（哀求）别离开我，托马西托。他也是我的，也是我的！（传来汽车开始发动然后逐渐远去的声音，她大叫一声，声音尖厉，几乎听不清）托马西托……他走了。汽车把他带走了。看来，他不是我的托马西托，他是属于汽车的。

片段五

诺艾米　托马西托被带走的时候，他只有五岁。五岁！（推想）可是托马西托已经不是五岁了。现在托马西托有……（扳手指头算）是一个二十岁的成人了。（惊讶）二十岁？我的儿子有二十岁了？那么现在我是老太婆……（吃惊）不，我不是老太婆。（重新拿起镜子，害怕地照看）我还年轻，我必须年轻。一个老太婆，男人是不会给你烟、酒的。我还年轻！我必须年轻！（仿佛在同神父讲话）神父，你又来了！你又来对我训诫，是吗？好，好，好，我是不道德的。你走吧，走吧，走吧！我是人，我总得活下去！我总得需要有人陪……我应该叫那水兵跟我一起回来。（思考了一下）可是他没有烟，没有酒，也没有钱。但是不管怎么样，他总可以给我做个伴。（狠狠地把酒杯扔掉）一个女人总不能老是孤零零的！（突然停住。倾听，似乎有人敲门。她走向门口。）你是……托马西托？噢，托马西托这么高啦？快进来，我的儿子。总算还想起你有一个母亲。托马西托，你知道了我是你的母亲，你怎么想？你会把我作为你的母亲看待吗？有一天，你会回到我这里来的，所有的孩子都渴望着认他们的父母。（谦卑地看看自己）看见我这个样子，你会怎么说呢？来，现在就对我说说……（吃惊，似乎她的孩子不认她，使她难堪）我是你的母亲，托马西托。（走向舞台中间，好像走近什么人）好好地看着我，托马西托。我是你的母亲。任何人任何事都不能把我是你的母亲改变。我们是永远在一起的。好好地看看我，我显得怎么样？我的容貌怎么样？（稍稍担心）你为什么不说话？你在想着什么？（似乎听对方说话，然后，她的脸苍白起来，眼睛里充满眼泪，受到了伤害）不，不许说这个。我不是妓女。我不是婊子。（伸出手把想象中的托马西托打了一记耳光。然后，懊悔）为什么你要说这种可怕的话？还对我嚷？

片段六

诺艾米　　（神情完全改变。现在好像推心置腹地在跟莱昂西奥说话。）莱昂西奥，我求你一件事。我求你……不要允许托马西托来看我。我决不愿意托马西托见我。我不愿意他看见我这个样子……这个样子……（改变）我是什么样子？我像什么，莱昂西奥？像个母亲？（拿起镜子，含泪注视）我不相信我会像一个母亲。（声音颤抖）求求你，莱昂西奥，绝不要让托马西托逢到我，我不愿意见他。（打断）是的，我真想见他。只要有他在我的身边，即使是一分钟，听听他男子汉的出众的声音，我也情愿付出我的生命……可是我不愿意他看见我。谁敲门？肯定是托马西托又来了。他不让我安宁。他又来敲门，敲门，不停地敲门……我都不敢正视他的眼睛，莱昂西奥……去，打开门，对他撒个谎，对他说……说我不住在这里。（感动）是托马西托他坚持要来看我，认我……但是，在这里？在这个讨厌的小屋子里？在这间肮脏的房间里见他？（以激动的姿势伸手掩脸）我行吗？我像一个母亲吗？（绝望）他不会认识我的，我已经很老了，我永远不是那个年轻的诺艾米啦。（仿佛又听到敲门声向那里看，声音发抖）是谁？（坚决）别开！莱昂西奥……叫他走。莱昂西奥……（在屋子里找，怕找不到莱昂西奥）你在哪里，莱昂西奥？你走啦？莱昂西奥？我孤零零一个人怎么办？他们都到哪里去了？为什么突然只剩下我单独一个人？（似乎又听见敲门声。她浑身发抖，额头滚下汗珠。）谁敲门？（声音激动，力图使自己镇定）诺艾米不住在这里。诺艾米死了！托马西托，她已经死了好久了，你再也见不到诺艾米了……（摇摇晃晃地走到床边，坐下，目光无神地望着前面）你再也见不到我了，托马西托。对你，只存在在失去的童年中的诺艾米。你从来不是我的……从来不是……因为你属于汽车……（她坐着，一动不动，眼睛望着前面，脸色苍白，她似乎现在已经在自己的道路上停住了脚步。）

——摘自《表演片段教程》，编剧：弗兰克林·多明格斯（Franklin Dcminguez），中国戏剧出版社2006年版

对希腊战后历史与社会的反思:《红色的天》

一、剧情简介：一位希腊妇女充满磨难的一生

索菲娅·阿波斯托鲁在风烛残年时回顾她的一生。她曾是一名公立学校的法语老师，丈夫克里斯塔基斯是共产党人。在克里斯塔基斯过世后，她爱上了酒精，因酗酒而被解雇。她常常回忆起丈夫曾对她说过的话："就算是最忠诚的共产党人也可能被邪恶的东西所吸引。"[①] 也常常想起他们一起高唱的《国际歌》。她过着正常的生活，却始终为丈夫所提起的"邪恶的东西"所困扰，她认为是这种"邪恶的吸引的力量"使她被解雇。

三十年后，索菲娅的儿子扬纳基斯带着擅长唱歌的俄罗斯姑娘塔尼娅回到家中，希望索菲娅教会塔尼娅法语，让塔尼娅前往夜总会为他们挣钱。索菲娅与塔尼娅度过一段美好的日子，她很喜欢塔尼娅。然而，在之后的某天，塔尼娅突然消失。扬纳基斯发疯般地四处寻找，都没能找回这个姑娘。扬纳基斯告诉索菲娅，塔尼娅是被两个罗马尼亚人控制的，内斯托和他将塔尼娅从他们手中抢过来，现在塔尼娅回到了罗马尼亚人身边。后来，两个罗马尼亚人找到索菲娅家中，并在她的家里翻箱倒柜。索菲娅意识到塔尼娅是罗马尼亚人，并且已将他们出卖。

几个月后，扬纳基斯被捕，索菲亚搬到他被关押的监狱对面居住。在经

---

① 摘自剧本《红色的天》，卢拉·阿纳格诺斯塔基著，黄凌霄译。

历生活磨难与内心矛盾的痛苦挣扎后,她在这个意义非凡的十月,发出觉醒的呐喊:"我甚至都不用砸烂我的枷锁,因为我没有枷锁!我从来就没有枷锁!"①

二、鉴赏视角

(一)卢拉·阿纳格诺斯塔基(Loula Anagnostaki):战后一代的杰出希腊当代剧作家

卢拉·阿纳格诺斯塔基(Loula Anagnostaki)被称为希腊最引人关注的当代剧作家,"她是过去十年中出现的最具有力量的天才"。②1965年,她以《都市》《过夜》和《游行》三部在卡罗洛斯·库恩(Karolos Kuhn)创建的艺术剧院上演的独幕剧一举成名。此后,她的第一部全长戏剧(full-length play)《夜晚陪伴》于1967年在国家剧院上演,引起轰动。

作为战后一代的代表剧作家,卢拉·阿纳格诺斯塔基(Loula Anagnostaki)试图从古代希腊戏剧资源中抽离出来,探寻属于新一代戏剧作家的创作方式。"卢拉(Loula)的戏剧世界,是荒诞主义与碎片化的。她着眼于印象派的表现方式和一种集体无意识。"③在她的作品中,第二次世界大战与希腊内战带来的阴影拥有强烈的存在感,战争所带来的恐惧与贫困无处

---

① 摘自剧本《红色的天》,卢拉·阿纳格诺斯塔基著,黄凌霄译。
② Doulis, Thomas. "Loula Anagnostaki and the New Theater of Greece." *Chicago Review*, Vol. 21, No. 2, 1969, pp. 83—87.
③ Pefanis, "The Greek Emigrant Experience between 1945 and 1980 in the Plays of Petros Markaris and Loula Anagnostaki", *George P.Journal of Modern Greek Studies* 增刊 *Modern Greek Theater; Baltimore,* Vol. 25, 2007, pp. 213—224.

不在。

犯罪、人的孤独感、失败的伤痛感等，卢拉（Loula）的戏剧深刻地刻画了人在社会中的精神面貌和心理状态。并且，她时常在戏剧中间接运用荒诞主义的元素，将现实的碎片与梦想和梦魇交织在一起。然而在卢拉（Loula）贫瘠的、沉闷的、阴郁的、痛苦的世界中，仍旧存在着希望。她笔下的角色，既希望将自己的不幸施于他人，又希望在旁人处得到救赎。她的角色始终孤独，缺乏与他人沟通的能力；但是她笔下的部分角色——尤其是女人，却常有寻找真相的主张。在这样的戏剧世界中，观众能够感觉到一种历史带来的压力，它不可阻挡，也"永远不会放过剧中的角色"。[1]

（二）女性被卷进漩涡的跌宕命运

本剧剧情完全由索菲娅·阿波斯托鲁对自己一生的讲述而展开。剧中主要的矛盾冲突有三处，前两处都与索菲娅身边关系最密切的两个男性有关。第一处是克里斯塔基斯的离世。这是索菲娅命运的一次转折。索菲娅与共产党人克里斯塔基斯的爱情是美好的，克里斯塔基斯"特别帅"——这与他们的儿子扬纳基斯的"长相丑陋"形成鲜明的对比。在克里斯塔基斯离世前，索菲娅是一名公立学校的法语教师，得到过文学硕士的学位，与丈夫有美满的爱情。而这段爱情也在索菲娅这个"资产阶级的妇女"心中埋下共产主义的种子。在他去世后，索菲娅逐渐开始被某种"邪恶的东西"所吸引，走上酗酒、被解雇的道路。第二处矛盾则是扬纳基斯的被捕。扬纳基斯被捕前，将姑娘塔尼娅领到索菲娅面前并要求索菲娅教习她法语。在教习法

---

[1] Sakellaridou, "Levels of Victimization in the Plays of Loula Anagnostaki", *Elizabeth. Journal of Modern Greek Studies; Baltimore*, Md. Vol. 14, 1996, p.103.

语的过程中，索菲娅拥有过一段美好的时光。但在塔尼娅离开、扬纳基斯被捕后，索菲娅的生活沉入孤独和枯燥的重复。前两处矛盾都与索菲娅的自主意志关系微弱，她在被动地接受命运，她的命运被卷进与身旁男性有关的漩涡。而在最后一处矛盾即全剧的最高潮处，索菲娅在经历苦痛挣扎后发出觉醒的呐喊："我甚至都不用砸烂我的枷锁，因为我没有枷锁！我从来就没有枷锁！"① 在全剧三处主要情节的推进当中，索菲娅开始试图在命运的漩涡当中主宰自己的命运。

（三）主线明确、叙事顺序巧妙的单人剧

《红色的天》选用单人剧的戏剧形式，以索菲娅为叙述视角，以她跌宕坎坷的一生为剧作主线，将顺序、倒叙、插叙等叙事方式巧妙地结合在一起。本剧首先以"现在我是一个风烛残年的老妇人""因为酗酒被解雇了"直白地将老年索菲娅形象展现于观众面前，又以在叙述当中穿插回忆片段的形式，呈现索菲娅过往生活中的几个截面，将索菲娅的一生娓娓道来。在索菲娅漫长的一生中，本剧对每个记忆片段的选取都看似随意实则精妙，择出对索菲娅人生有重大影响的关键片段以巧妙的方式拼接在一起，展现出她陷入命运漩涡当中、遭受诸多磨难的一生。在戏剧的前中部分，索菲娅对人生中每一事件的独白与思考共同营造出一个迷惘的资产阶级妇女形象，克里斯塔基斯对索菲娅说"你属于另一个阶层"、索菲娅望着"红色的太阳"等多处细节对戏剧深处共产主义与资产阶级间的复杂矛盾作出暗示，为结局索菲娅思想上的转变做铺垫。在戏剧接近尾声的时候，剧情推向高潮。反复经历痛苦与仿佛行尸走肉的生活后，索菲娅在内心的呐喊中觉醒，带来极富戏剧

---

① 摘自剧本《红色的天》，卢拉·阿纳格诺斯塔基著，黄凌霄译。

性的震撼效果，具有极强的影响力。而最后渐渐小声地《国际歌》，也暗示着戏剧主人公无可奈何、无力改变现状的结局。

（四）在磨难与浑噩后觉醒的资产阶级妇女

作为全剧中心人物的索菲娅·阿波斯托鲁，曾经是一个出生于中产阶级家庭的成功女性形象。她的父亲是"这个街区的医生"，而她本人是公立学校的法语教师，拥有文学硕士学位的同时擅长英语与俄语。这与她的丈夫共产党人克里斯塔基斯形成鲜明的对比——他的父亲是在希腊内战中被杀死的工人，他信仰着共产主义。两个人物在戏剧中的交互具有充满矛盾的戏剧性，正是丈夫坚定的信仰在她心中埋下共产主义的种子。在克里斯塔基斯去世后，索菲娅的人生走向苦痛的折磨。她开始酗酒，被解雇，心中充满迷惘，由青年女性逐渐转变为中老年女性形象。她的内心中也具有向邪恶与物欲动摇的倾向。作为扬纳基斯与内斯托利用姑娘塔尼娅卖唱赚钱的帮手，她认为自己"喜欢这个妙计"。儿子入狱后，她的生活更是跌入谷底，日复一日重复着行尸走肉般阴郁的生活。但在反复的思考里，在某个意义非凡的十月，索菲娅终于发现自己一直以来想要追求的理想，并决心通过自身的转变来打破心灵上无形的桎梏。但剧末的呐喊也燃烧着这个已风烛残年的老妇人本已残存不多的生命力，思想与心灵得以解放，现状却仍痛苦、沉闷，在作出呐喊的同时，她似乎也走向精神崩溃的边缘，正如希腊当时国内前途未卜的共产主义命运。

（五）沉郁的口语化语言构建的内心独白

戏剧全篇围绕索菲娅的回忆与讲述展开，语言具有鲜明的个人特征与口语化特点，始终奠定于一种沉郁的基调之上。已是一名风烛残年的老妇人并常年酗酒的索菲娅喜爱使用重复的短句——"因为酗酒被解雇了。我是酒鬼。老喝酒。"①"一个植物人。再过五十年，我成了一个植物人。五十年。"② 老年人常有的重复的语言特征于索菲娅的语句中体现得相当明显，而常年酗酒所导致的思维混乱致使索菲娅的语句也具有碎片化及混乱性的特征。语言反映着索菲娅饱经磨难、已然摇摇欲坠的精神世界，但在始终沉郁的语言风格当中也有些许微弱的亮色，"我很喜欢她，塔尼娅。她是个勇敢的女孩。我们一起唱歌。我们度过了一段美好的日子。"③ 这正体现出索菲娅心中始终没能被生活彻底磨灭地对美好的渴望与向往。而在接近剧终的部分，索菲娅的语言短暂地变得激昂——"我从来就没有枷锁！"④"我自己革我自己的命！"⑤ 骤然变得激昂明快的戏剧语言也呼应了索菲娅内心共产主义理想与革命精神的彻底觉醒，又在此后以音乐表达的戏剧语言当中重归沉郁的语言基调，最终在低沉的氛围中走向尾声。这种语言风格体现出希腊战后一代心中遗留的战争创伤，也暗合了人物的命运与当时的社会现状。

（六）以主人公充满磨难的生平对希腊历史与社会的反思

本剧全篇都在叙述索菲娅充满磨难的坎坷一生，塑造出一位遭受生活接二连三打击、对美好生活的追求逐渐消沉、却又在生命的最后为共产主义理想发出呐喊的来自资产阶级家庭的女性形象，却以这一主人公的生平表达出对希腊历史与社会的反思。战争与阶级的影子在戏剧中无处不在。"我的父

---

① 摘自剧本《红色的天》，卢拉·阿纳格诺斯塔基著，黄凌霄译。
② 同上。
③ 同上。
④ 同上。
⑤ 同上。

亲是这个街区的医生。他的父亲是个工人，在内战中被杀死了。"[1]"我和一个资产阶级妇女做爱，这让我很满足。"[2]"他们将水送到当权者的水磨盘上，自以为是什么人，其实什么都不是。"[3] 对共产主义在当时社会背景下命运的暗示也在戏剧中频繁出现。"是苏联倒台之后的俄罗斯"[4]、使主人公无法反抗的粗鲁罗马尼亚人等。但索菲娅对共产主义理想的追求却没有被充满磨难的一生和社会现状所磨灭，她始终看着"红色的天空与太阳"，甚至在生命即将走到尽头时反而为己身的共产主义理想与革命精神发出更加激越的呐喊。但即使精神上得到解放，索菲娅仍旧无力改变遭受痛苦的现实世界折磨与压迫的现状，高唱《国际歌》的声音渐小，重又归于沉寂。这正是戏剧对希腊历史与社会的反思，对战后人民生活现状与共产主义在当代希腊存续状况的深入思考。

三、演出情况及其影响：需增强共鸣的希腊当代单人剧本土化探索

在北京蓬蒿剧场上演的《红色的天》是对希腊当代戏剧作家卢拉·阿纳格诺斯塔基（Loula Anagnestaki）作品《红色的天》在中国本土化进行演绎的探索，由中央戏剧学院刘立滨教授执导、中央戏剧学院表演系硕士陈曦演出。这是国内高校对希腊戏剧在本土演出所做的一次探索，也是对目前在国内舞台上并不多见的单人剧演出的一次探索。演出将原作戏剧原汁原味搬

---

[1] 摘自剧本《红色的天》，卢拉·阿纳格诺斯塔基著，黄凌霄译。
[2] 同上。
[3] 同上。
[4] 同上。

入中国的舞台，极大程度上还原了原作的戏剧艺术与宗旨导向，将希腊当代戏剧风貌重现于中国观众面前。主演拥有深厚的戏剧功底，将索菲娅饱经磨难、仍怀希望、追求觉醒的精神世界极富感染力地展现于观众面前。同时，我们必须看到的是，本剧在国内演出时，无论在戏剧表演艺术还是舞台布置方面都展现出相当成熟的排演成果。这是国内对希腊当代单人剧本土化演绎的一次探索，是一次值得肯定、也需要进一步思考的艺术演出。

《红色的天》精彩片段

片段一

索菲娅　　为什么我会变成酒鬼？这个想法是怎么开始的？我以前从来是滴酒不沾。

甚至当我可怜的克里斯塔基斯在临死前开始喝酒的时候我都不喝，因为他是共产党人，他说他不能忍受眼睁睁地看着那些社会主义国家的崩溃。即使我有没有酒喝都无所谓的。

我不听玛丽说的话——玛丽是我的一个女同事："再过五十年，你还在喝酒的话，你就成为植物人。"当然，她是很明智的。

她不会在上课的时候喝酒。但是，我呢，有一天晚上，我突然心血来潮，就开始了喝酒。从那以后，我就不干别的事了。

直到有一天，我在课堂上喝酒被发现，我被解雇了。

把我解雇对我没有什么影响。我不喜欢学校。我不能忍受。

一出真正的悲剧。在外面，刮风下雨。在里面，有电灯。有黄色的明晃晃的灯光。那些小鬼们相互打闹，也拿你耍笑。我开始了专业课的教学。我挣到了钱。比以前还多的钱。但是，我生病了，我必须要去医院接受戒酒的治疗。说白了，这是件糟糕的事。我失去了一切，我还是待在属于我的地方。

片段二

索菲娅　一个植物人。再过五十年，我成了一个植物人。五十年，你说得好……在这之前，我还不是已经成了植物人？甚至在克里斯塔基斯还活着的时候。我可怜的克里斯塔基斯。他可能是共产党人，但他也有他可爱的一面。首先，他很帅。特别帅。我们的小扬纳基斯和他长得一点也不像。看着比我年轻。至少年轻六岁。

他对我说："我喜欢你，因为你很苗条，受过教育，属于另一个社会阶层……"

我的父亲是这个街区的医生。他的父亲是个工人，在内战中被杀死了。

他曾经对我说过："就算最忠诚的共产党人也可能会被邪恶的东西所吸引。"

他是笑着说这番话的。他很高兴地说："我和一个资产阶级妇女做爱，这让我很满足。"他熄灭了电灯。"如果我们去莫斯科的话，我会给你买一件皮大衣和一顶帽子。你将会像纳斯塔西娅·菲利波维纳一样。"

纳斯塔西娅·菲利波维纳，他还是通过我才认识的。他还教我的俄语。"你的嘴唇在说俄语单词的时候让我兴奋不已。Daragoï moï mouj, hatitie li vi sokoladyi tort!"[①] 他说完这些，我们就做爱了。

---

① 我亲爱的丈夫，你想吃一块巧克力蛋挞吗？——原注。

"让我兴奋不已。"我们一起唱歌：起来，全世界受苦的人！

片段三

索菲娅　一切都开始于那一天，我的儿子来看我。他是一个不幸的人。他生下来就这样。很不走运。已经过去三十年了，什么也没有变。长相丑陋，没有女伴，也没有自己的存款，不学无术，什么都不会。有一天，他来找我，对我说：

"妈妈，我遇到一个俄罗斯姑娘。"

"哪个国家的俄罗斯姑娘？"

"俄罗斯的姑娘。是苏联倒台之后的俄罗斯。她在外面等着。我想介绍她跟你认识。"

她进来了。

他对我说："这是塔尼娅。"

塔尼娅很漂亮。真漂亮。从来没有见过这么漂亮的。

扬纳基斯对我说："妈妈，我想和你谈点正事。塔尼娅会唱歌。她有一副好嗓子。"

我回答："好啊，很不错，我亲爱的儿子。"

塔尼娅在那里，待在一旁。

垂下眼帘，不敢东张西望。

我可怜的丈夫就是这样给我描述苏联人的。

漂亮而害羞。

低垂着头。甚至都不敢看你一眼。

我心里暗想，感谢上帝。我终于找到一个喜欢他的女人了，这个可怜的扬纳基斯。

"妈妈，我想和你谈谈正事。这是一件很严肃的事情。塔尼娅会唱歌。她有一副好嗓子。"

"对，亲爱的，你刚才已经说过了。"

"我想让她到夜总会去唱歌，然后以此为生！我们挣钱！最后！我们有很多钱！"

我呢，我说："做你想做的吧，亲爱的。"

我从很久以来就没有反对过他了。

"但是，我想向你请求一件事，妈妈。我有一个计划。"

"什么计划？"

"我想让你教她法语！你能立刻就开始教她法语吗？我有一个计划，我告诉你，一个宏伟的计划。我不想让塔尼娅在那种低级的聚集着乡巴佬和小混混的夜总会里消沉下去。我要让她去我精心挑选的地方，去唱法语歌。法语，是最高贵的。我们再给她取一个法语名字。"

我说："科莱特。你觉得这名字好吗？"

"我们试试吧。"

"她有证件吗？她的居住证。我听说在抓那些没有居住证的人。"

"你不用担心。内斯托会帮忙办好一切的。"

"对，内斯托，好吧……"

塔尼娅于是住了下来。我给她做吃的。我给她买穿的。她上台表演的服装是内斯托给她准备的。他知道需要买什么样的。这个内斯托，真是个混世魔王。但是，很奇怪。我和他在一起却感觉很安全。

片段四

索菲娅　"你在哪里发现她的,扬纳基斯?你喜欢她吗?你觉得这样好吗?你有什么打算吗?"

"塔尼娅是在街上碰到的,妈妈。她在卖唱乞讨。我对她说:你愿意和我走吗?她就来了。"

"重要的是,她会成功的。塔尼娅和你都将得到你们想要的一切。而我,我要买一辆奔驰车,就和普兰德罗斯先生的一样。"

我很喜欢她,塔尼娅。她是个勇敢的女孩。我们一起唱歌。我们度过了一段美好的日子。可能是我能回忆起来的最美好的时光。

(带着乡愁的歌声)

当他拥我入怀

当他轻声地对我低语

我看见玫瑰色的人生

他对我说的情话

天天都说不完

这对我来说可不一般……

啊,美好的日子!很美好。也有点危险。扬纳基斯不在这里住。这样也好。我后悔给他说,但是我们两个人单独在这里确实很好。有扬纳基斯的话,我还会担忧。不只是因为他总是铤而走险,而是因为他很笨拙。天真。

我叫她科莱特和小水滴。我对她说:"你知道法语里小水滴是什么意思吗?很小的一滴。"

一小滴雨水。

笨拙而天真。

这就是我为什么会信任内斯托。我相信有内斯托的参与，我们就能成功。

不管遇到什么情况。

老歌。优美的法语老歌。

片段五

索菲娅　我安慰着他，就像他还是个小孩子，为了帮助他度过第一次挫折。

"你疯了，妈妈。这是一个犯罪团伙。一群杀人犯。"

"如果你当时娶了她……她就有了自己的居住证，他们就不敢对她怎么样了。"

"不要再给我说这些了！你怎么会想要我娶她呢？想想我的睾丸！"

"你的睾丸怎么了？可以治愈的，我的儿子。"

"对！现在它的病情已经很严重了，我已经三十岁了。我愚昧的父亲只知道做一件事，就是把我带到保加利亚去治疗。在那里，他们医坏了我的睾丸，那群混蛋！啊，医生！"

"听着，妈妈，今天这个问题不在这里。问题是我们现在都有危险。"

"内斯托呢？内斯托在哪里？"

"内斯托躲起来了。我也要藏起来。而你，你就待在家里，好几天都不要出门。"

"有那么严重吗！扬纳基斯，就为了一个女孩需要这样做？你是不是陷入了一个毒品交易案里？"

"没有。你要相信我，妈妈。我从来不沾毒品的事情。但是，他们可能会找上门来。因此，我希望你知道，妈妈，至少我是清白的。清白的！"

他像一个疯子一样离开了。

当天晚上，有人闯进了我的家门，我看到进来的是三个彪形大汉。

他们在我的房间里翻箱倒柜，我大叫："你们在找什么？我要叫警察了！"（小声地说）

哪有警察？没有警察，没有邻居。那么我们住在哪里呢……

其中一个人用希腊语对我说："不要叫喊，他们俩是罗马尼亚人，他们不会开玩笑的。"

"你们是罗马尼亚人？罗马尼亚人？真是耻辱。你们让你们的国家受辱，让你们的精神受辱，当人们听说罗马尼亚人的时候，人们都会往地上吐口水。"

这时，其中一个罗马尼亚人走到我面前，抓住我，对我说："能请你跳支舞吗？"

我明白了，塔尼娅是罗马尼亚人。现在塔尼娅已经出卖了我们，给他们讲了我教她的法语课。

"能请你跳舞……"那个希腊人说："别去烦这个老太婆。"

老太婆。这个粗俗的希腊人。

我的扬纳基斯，我在几个月之后见到他时，他已经戴上了手铐。头发也被剪短了。他那一头漂亮的长发啊。这是他唯一继承了他父亲的好东西。他们怎么有权剪他的头发？他现在仍然是嫌疑犯。当他们正要上警车时，一个便衣警察往他的头上打了一拳。这下我很难受。我不知道为什么。甚至比知道他被判十年监禁还要难受。他被判了十年，内斯托也是十年。但是，就是这个动作——在他头上打这么一拳——最让我难受。

而我就在那里。

片段六

索菲娅　今天。

索菲娅·阿波斯托鲁，住在戈利达罗斯的卡纳里斯大街四号。在和这条大街同名的监狱的对面。我搬家到这里是为了能挨着我的儿子。每天，我都几乎用一整天的时间来做他喜欢吃的饭菜。

我住在六楼。

夜幕开始降临。

一间卧室、一个厨房，还有一个属于我的大露台。

从露台上我能看到天空——太阳是红色的。

在我的对面，是几堵墙，监狱前面的墙。

我的心情很平静。

一个罪犯的母亲。十年算不了什么。所有一切都算不了什么。我在探视室里对他说过："耐心点，扬纳基斯。我们在尽力帮你。我们要卖掉帕格拉蒂的房子，当你出狱的时候，我给你买一辆奔驰，比人家的大……"

我常常回忆起我的生活和我的父母。在我的记忆中，我看到的发生在过去的事情里，总的来说，我没有自己的生活，没有，没有我想要的生活。

相反，我对我的职业感到自豪。我，一个法语教师，是我父亲在我上大学的时候给我指明的道路，我不想和他们一样。有一天，扬纳基斯对我说："妈妈，在社会行进的列车上，你要么是有权有势的人，要么就是不法之徒。没有中间道路可循。总有些人自以为是，其实他们什么也不是。"

一些植物人。

就像玛丽说的。

而我。

我也不想做一个中间派。

他们有的一切我都不想要。他们都是死人。

一堆尸体。

仅此而已。

和她们的丈夫，他们的妻子，他们的轿车。在高等学校读书的他们的孩子，还有他们在岛屿上度过的无聊周末。他们闪闪发光的浴室和高科技的厨房。

我，我觉得我跟他们不一样。

我被排除在外了。我每个月去两次监狱，看我那丑陋而笨拙的儿子。

在一堆阿尔巴尼亚人和吸毒的人中间。

如果所有的一切都没有发生……

对我来说，这事只能这样发生。

我。

我，我不会变成资产阶级。

你知道，克里斯塔基斯——你不理解。

今天你应该在这里。

我。

我，我在这里。

这里。

没有坐飞机去莫斯科旅行。

这里，不再是一九一七年。

这个十月是我的，克里斯塔基斯，这是扬纳基斯和我的十月。

我，我不会变成资产阶级。

我不是一个中间派。

我不属于大多数人，他们将水送到当权者的水磨盘上，自以为是什么人，其实什么都不是！

我甚至都不用砸烂我的枷锁，因为我没有枷锁！我从来就没有枷锁！

我自己革自己的命！（唱）

这是最后的斗争

团结起来，到明天

（声嘶力竭）

英特纳雄耐尔

就一定要实现

（突然变得很小声）

特啊啦啦，特啊啦嘞……

——摘自剧本《红色的天》，卢拉·阿纳格诺斯塔基（Loula Anagnostaki）著，黄凌霄译

现代社会边缘人的抗争与絮语:《低音提琴》

一、剧情简介：一位低音提琴演奏者的絮语

这里是闹市区的一间狭小的屋子，窗外车水马龙的喧嚣在此处消失了，屋内回荡着交响乐的声音，一个男人决定向大家讲述他的人生。主人公"我"是一位低音提琴演奏家，他同低音提琴相依为命了整整十八年，对这种乐器的情感却爱恨交加。

"我"为低音提琴而感到自豪，声称它是整个乐队当中最不可或缺的乐器，将它定义为演奏中真正的核心元素，夸赞低音提琴魅力非凡，拥有着无比辽阔的音域，赞美它低音中所蕴藏的古朴风味里透露出的音乐真谛。"我"了解低音提琴的一切历史，以及每一位优秀的作曲家对待它的态度和为低音提琴作出的贡献。为了演奏低音提琴，"我"的双手布满老茧；在寒冷来临时，"我"不惜脱下自己的大衣为它保温从而患上了严重的流感。

然而，低音提琴在交响乐队中是一个不受欢迎的存在：它样貌丑陋、音色特殊，永远无法作为独奏乐器出现在舞台上，就连作曲家也并不给了它多少关注。而低音提琴演奏者正如同低音提琴一般默默无闻，他们工资不高，总是坐在乐队的最后一排，无论如何兢兢业业的磨炼技术完成演出，在表演时也得不到任何的关注和掌声。在日复一日的乐手生涯里，"我"把自己对边缘化生活的怨气全部倾吐在低音提琴上，认为是它为我带来了困境。"我"爱上了剧团的女高音歌手萨拉，但萨拉甚至根本不认识"我"。此时低音提

琴被我看作是追求爱情的最大阻碍之一，"我"甚至开始幻想要在演出时故意搞出些事故来引起她的注意……在"我"自顾自地絮语中，低音提琴和演奏者的故事仍在继续。

二、鉴赏视角

（一）作者简介：小人物的代言者

帕特里克·聚斯金德（Patrick Süskind）是活跃于20世纪八九十年代的德国作家。他出生于德国巴伐利亚州施塔恩贝格湖畔的阿姆巴赫，家族祖上曾是德国贵族阶级。父亲是一位政治记者，同时从事写作和翻译工作；母亲则是一名体育教练。良好的家庭出身使得他的青少年时代和文艺有了密不可分的联系，他青年时代曾经在慕尼黑大学学习历史，后又就读于普罗旺斯大学。

在结束了自己的求学生涯之后，他来到法国巴黎，开启了一段别样的生活。走入社会后，他辗转于诸多职业之间，曾经就职于酒吧、餐厅，也一度担任文秘工作，甚至做过乒乓球陪练，从而获得了丰富的人生体验。之后，他开始尝试文学创作，试图以写作影视剧本维持生计。1980年，他的处女作剧本《低音提琴》问世，演出大获好评，从而成功的走入了大众视野。而后，他又相继出版了小说《香水》《鸽子》《夏先生的故事》，短篇小说集《棋戏》和论文集《在爱和死亡之间》。其中，以小说《香水》知名度最高，在世界范围内形成了不小的反响，曾于1987年获得古腾贝格奖外国优秀小说奖。

对比于同时代的作家们，聚斯金德（Süskind）并不是一位十分高产的作家，但作品质量颇高。在他的写作历程中，似乎有意地避开了宏大的历史背景和重大热门题材，而是转而从日常生活中被忽视的小人物处入手，注重探索展现社会边缘人矛盾、卑微的心理。在阴郁、低沉的气氛中，聚斯金德（Süskind）道出了后工业时代人们心中孤独、矛盾和迷茫，在他的字里行间体现着一种对待现代工业文明的悲观态度。

（二）主要情节：自我对抗的单人剧

在全剧的开篇，故事的发生背景就被限定的很小：这是一出发生在一间狭小阁楼中的单人剧，一切都在一位不得志的中年乐手和他的低音提琴之间展开。按照作者本人所说："这是一出描写一个人在他窄小的房间里生存的戏。"但《低音提琴》并不因为缺少舞台上角色之间的交流而成为一部平淡的作品，被外化表达的个体内心矛盾取代了角色与角色之间的直接冲突，将情节推上了高潮。

在《低音提琴》中，全部情节都是借由"我"之口被讲述出来的，而冲突的核心就是围绕"我"对低音提琴的矛盾态度展开。"我"因为苦练低音提琴而双手布满老茧，但实际上从业于低音提琴是出自对父母的反抗，而非对这种乐器本身的喜爱。"我"选择成为乐手是因为不愿顺从父亲希望"我"做官的命令，而又出于报复吹笛手母亲的愿望而选择了乐器中最笨拙丑陋的低音提琴。一方面我为低音提琴在乐队中不可或缺的位置自豪，仰仗于低音提琴乐手的身份获得了国家乐队的铁饭碗工作；另一方面我又对得不到任何关注和重视的演出生涯感到厌倦和郁闷，认为是不受人喜欢的低音提琴为"我"带来了成为边缘人的厄运。"我"赞美低音的古色古香，坚持这才是音乐的本源灵魂，却又爱上了剧团中的一位女高音歌手萨拉。剧中，"我"的一切对外抗争都通过"我"自身的自我抗争得到了展现。这样的巧妙设置，使得这部单人剧被赋予了极富戏剧冲突的精彩情节。

(三) 戏剧结构：以点带线的精巧结构

《低音提琴》是一部单人剧，结构简单明晰，是典型的符合"三一律"的舞台剧作品。而值得一提的是，该剧并不依靠设置悬念和突转来完善结构设置，而是通过主人公第一人称的叙事视角，借回忆展开情节。比起传统的倒叙回忆式讲述，该剧并不按照简单的时间轴形式进行推进，将情节按照事件发生时间顺序简单的排列起来。而是采取更加别出心裁的跳跃式讲述方式，将低音提琴作为出发点，在阐释主人公自己对待低音提琴的爱恨两种矛盾的态度的同时，两线出击，在情感的纠结变化中，使得两线交替触发不同的事件节点，从而将散乱在时间轴各处的事件有序的联结在一起。

相对于传统的时间轴模式，这样的结构设置有其鲜明的独到之处。其一，激烈的情绪变换为观众不断带来新鲜感和刺激感，能够有利的弥补单人剧所带有的单调问题。以情感转换作为线索，使得观众不断在两个端点中来回奔波，以此来形成强有力的情绪冲击感，令观众沉浸其中。其二，低音提琴乐手并不是日常生活中所常见的职业，如何能在舞台上塑造出一个真实可信的角色形象就成了重要问题。相比起清晰但略显刻板的规律时间轴回忆，通过情绪变换来触发不同的事件回忆实际上更符合现实生活中的自然情境。主人公看似散乱的回忆方式，正能够令他的讲述具有真实性，而这种真实的代入感对于观众能否同角色共情则是至关重要的。

(四) 人物形象塑造：众生的缩影

该剧的主人公是一个丰满的人物，尽管剧本中甚至没有给出他的名字，但是他作为一个角色被塑造得非常成功。主人公并没有被设置成一个单纯的好人或者坏人，也并不是以英雄式的高大形象登场，而是作为一个被边缘化的小人物诞生。他看起来有教养、琴技精通，但又郁郁不得志，心中有无尽的愤懑压抑。他是真实的，带有着强烈的个体性格，但同时也是群体的缩影。

在剧中，低音提琴实质上是主人公的一个象征。乐队离不开低音提琴，正如社会离不开每一个为它作出贡献的小人物；而同时他们却不被重视的，永远淹没在旁人的光辉之下，由并不理解也并不关注他们的主流群体所驱使压迫。作为社会独特个体使他们获得一种自豪感，但同时被轻视的郁闷痛苦又时时刻刻席卷他们的心灵。他们付出了巨大到努力，但是很难感受到自己是被需要的，却也没有勇气放弃眼前的生活，因此只得将欲望默默压下。而这也正像低音提琴所特有的，那深沉的、有穿透力的，却并不为人所喜爱的音色。

如果说这种卑微感和压抑感是小人物独有的，那么主人公身上所体现出的矛盾性则是众生的缩影。每个人在生活中都不可避免的面临着抗争，而真正残酷艰难的抗争却来自自身。没有人的身上只会有一种声音，不论出身、性格、种族、性别，人性中的矛盾是一个共通的永恒话题。在这个问题上，每个人都能在主人公身上找到自己的影子。

（五）语言特色：细腻的心理描写，自嘲式的黑色幽默

《低音提琴》是一位孤独者的自述，全剧没有任何旁白，情节发展完全建构在主人公较为直白且非常丰富的心理语言描写之上。作者以极为细腻的笔触勾勒出他的喜怒哀乐，随着主人公的独白，一个抑郁的边缘化人物的内心世界向观众缓缓展开，其语言运用在展现人物心理情绪的变化方面把握得十分得当。全剧的情感起伏很大，语言风格却是克制而文雅的——这正是主人公复杂内心世界的一个侧面。主人公每每忍不住倾吐自己内心深处的抑郁，却又总是用嘲讽的语言解构愤怒。他口中流露出的自嘲式玩笑，他调侃"乐队总指挥"，调侃各位作曲家，甚至调侃自己手中的低音提琴；他对萨拉充满了有关爱情的幻想，对萨拉同他人约会感到愤怒，但回转到现实中，萨拉甚至根本不认识他。这种理想与现实纠葛的矛盾表达，更为全剧增添一层黑色幽默的荒诞色彩。

这位不得志的乐手哪怕在情绪爆发的高点也不曾吐露过激的文字，他内心的熊熊火焰始终受困自身的桎梏。如同一个被压住的弹簧，情感的高潮被克制的语言所限制，未得肆意奔放的话语因此获得了更为强大的力量。而无须旁白的赘述，精到的语言把握足以恰到好处的展现主人公压抑着的内心。平静时，他清晰明了的讲述低音提琴的特性，盘点每一位作曲家的优劣；而当思维被强烈的爱欲所左右，他用混乱的语言倾诉衷肠，在现实与幻境之中来回摇摆。在作者巧妙的语言运用之下，他的愤怒、悲伤和爱恋是如此的真实，却又显得无比卑微。

（六）主旨揭示：边缘人的悲歌

作为当代颇具影响力的作家，聚斯金德（Süskind）专注于反映后工业时代下个体的迷茫、恐慌和无所适从，从而对现代工业文明进行批判和反思，这一点在他的处女作《低音提琴》中就得以充分展现。在故事的开篇，悠扬的乐声塑造出一种从容的景象，然而在这件小小的房屋之外，正是喧嚣的闹市。繁华都市的喧扰和狭小房间的宁静产生了割裂的反差，唯独在这方寸之间，主人公才可获得片刻时光吐露真心。在这种看似宁静但又略显诡异的场景中，孤独、压抑和内心矛盾构成了本剧的主要基调。

本剧展现了身为一个普通人矛盾复杂的内心世界。主人公将低音提琴看得比自己还重,像对待一位情人那样将它拥在怀中;但他又把低音提琴看作一个"噩梦",认为低音提琴"监视"着他的生活,使得越发不得自由。他爱慕萨拉,却又痛恨萨拉同其他男人随意交往,为此感到深深地愤怒。在他的难以释放的纠结里,繁忙工业社会里的迷茫个体似乎都能看见自己的投射。

在高度文明的现代社会,个体的个性难以得到彰显,个人自由被局限在钢筋水泥浇筑的工业城市中。但与此同时,人们又呼唤着个性、崇尚特立独行,平凡的普通人被更进一步的边缘化了。众人将目光全都集中在少数的先锋身上,小人物的心事却无人倾听。边缘群体的光彩得不到赏识,就连同他们的崩溃也是卑微的,这是一曲只敢在背地里唱出的悲歌。个体的自我开解和自我抗争都无声无息地消解在自己小小的安全区域内,而当他们走出房门,则又不得已换上一副平静的面容。借由这位低音提琴乐手的呼喊,聚斯金德(Süskind)对于边缘人的人文关怀可见一斑。

三、演出情况及评价影响:大获好评的处女作

该剧剧本定稿在1980年的夏天,并于1981年9月22日被搬上舞台,在德国慕尼黑首演。首次出演是由尼科劳斯·巴利拉(Nicolaus Ballila)担任导演兼主演,在最初即获得了很好的反响。此后,《低音提琴》的剧本被翻译成英语、法语、芬兰语、希伯来语、荷兰语和意大利语等多种语言,在世界范围内得到流传。《低音提琴》也一度成了德语系国家地区舞台演出场次最多的剧目,成为德国历史上的经典之作。

在众多的扮演者中,以奥地利老牌演员胡伯特·克隆赫那(Hubert Cromhena)最为令人瞩目,他曾参与了《低音提琴》近两百场的演出,被称赞为是该剧最佳的诠释者。

在国内，2010年的北京东城国际独角戏戏剧节首次上演该剧，后来多次被中央戏剧学院、上海话剧艺术中心搬上舞台，均取得了不俗的口碑和票房。

《低音提琴》精彩片段

片段一

（他喝了一口啤酒。）

提琴手　……我是一个很谦虚的人。然而，作为一个音乐家，我十分清楚：我的立足之地是什么，那是我们植根于其中的母亲大地；那是我们每个人赖以汲取音乐灵感的力量源泉；那是原始的生殖之极，形象地说就是音乐精华的泉涌之处。——这就是我！——我指的是低音，即低音提琴。而一切其他的乐器不过是与此相对的另一极。他们都只能通过低音才能登峰造极。比如说高音吧，以歌剧为例，高音——怎么说好呢？……您知道，我们现在的剧组里有一位年轻的女高音——我听过许许多多的高音，但她的声音的确非常令人心动。我被这位女子深深地感染了。可她几乎还是一个孩子，约莫二十五岁。我本人已年届三十五，八月份就满三十六岁了。总是在乐队休假之时过生日！她真是一个绝妙的女子，令人心仪……这都是题外话了！

那么，还是来谈谈高音吧——打个比方——与低音提琴本身让人产生的既具有人情味又不乏器乐之音色的联想完全相对，这女高音或者女中音构成了从低音提琴的角度来看，确切点说，应该是对其而言，或者与之相辅相成地对极……从而完全无法抗拒……几乎是……迸发出音乐的电光石火，从一极到另一极，从男低音到女高音——或者说从中音一直往上，一直——就像人们所比喻的百灵鸟……那么绝妙，高高在上，位于万象之巅，近乎永恒，无穷无尽，性爱——色情，无限的欲望本能，犹如……被包入了磁极的应力场，而这磁极就是近地的低音提琴的基座辐射出来的。真是古朴典雅，低音提琴就是古色古香，我想您明白我的意思。……这才叫做音乐。因为在这和那，低和高的应力中，将音乐中一切有意义的东西都演绎出来，从而产生了音乐的意义和生命，而且是地地道道的音乐之生命。

片段二

提琴手　我不锻炼身体，总有一天我会在乐团里累瘫，再也爬不起来。因为演奏低音提琴纯粹是一种力气活，说实在的它首先并不是一种乐器，所以说小孩是永远拉不了低音提琴的。我自己是十七岁开始拉琴的，现在已经三十五岁了。学拉琴并非我自愿，就像大姑娘怀上了孩子纯属偶然。我摸过竖笛、小提琴、长号，还奏过美国南部的爵士乐。不过这些都是很久以前的事了，后来我也不再玩爵士乐了。此外我从未碰到过一个自愿拉低音提琴的人。从某种意义来看这也说明了问题，这种乐器不太容易上手。这么讲吧，低音提琴与其说是乐器还不如说它是一个累赘。您抬不动它，只能拖着走。要是摔在地上，那准得散架。要把它放到小车上的话，那除非拆下前排右座，就这样车里也会塞得满满的。在家里您也得给它让道，它呆立在那……傻不溜秋的。它不像钢琴，一架钢琴就是一件家具。钢琴可以关上，可以放在那作摆设，而低音提琴却不行，它闲立在那儿有碍观瞻，就像……我曾经有一位叔叔，他长年生病，于是总抱怨无人关心他。低音提琴也是如此，当客人来访时，它会顿时成了客人们的兴趣中心，所有的话题都会围绕着它转；而当您想要与一位女士单独在一起的时候，它仍然立在那并监视着整个过程。您要想亲热一下吧，它在一旁瞅着你。所以给人这样一种感觉：它在寻开心，搞恶作剧，而这样的感觉必然会使女友也受到感染。那么接下来——您自己清楚，肌肤之亲和这种滑稽可笑竟并存共处，然而却又互不相容！简直糟糕透了！根本就不配……

片段三

提琴手　　的确，事实上，谁都不是生下来就与低音提琴有缘的，这条道充满了弯路、挫折和失望。可以告诉您，我们国立乐团的八个低音提琴手没有谁不是命运多舛的，至今仍旧个个满脸沧桑。比如我本人的经历就是一个典型的低音提琴手的命运：我有一位专制的父亲，他是一位公务员，毫无音乐细胞；我的母亲很软弱，她是吹笛子的，在音乐方面是个怪才。我从小就崇拜母亲，母亲又非常爱我的父亲，父亲则喜欢我的妹妹，而我却无人疼爱——反正我这么认为。出于对父亲的恨我决定不做公务员，而要成为艺术家。为了报复母亲我选择了最大的、最笨重的、最不适合独奏的乐器。为了给母亲致命的一击，同时又给我的父亲一记重创，让他永远难受，我还是决定当公务员成为国立乐团的低音提琴手，坐在第三排的乐谱前。我每天都在以低音提琴这种对女性而言最大的乐器形象，以此—只是形式上—对我的母亲施暴，这种永恒的乱伦式的象征性交是一种永久的道德不幸，而这种道德的不幸写在我们每一位低音提琴手的脸上。关于乐器的心理分析就到此为止，只是这种认识也没有多大的用处。

片段四

提琴手　您想想，一个乐队应该也必须是一个有严格等级划分的集体，而这种集体的形象同时也是人类社会的真实写照，我说的不是某个人类社会，而是泛指整个人类社会：比如在我们乐团里音乐总监高高在上，接下来是第一小提琴；再就是第一小提琴中的二号小提琴；然后是第二小提琴中的一号乐手；再排下来就是其余的第一和第二号小提琴；以及中提琴、大提琴、笛子、双簧管、单簧管、巴松管、铜管乐器——最后才轮到低音提琴。在低音提琴之后仅仅还有一个鼓，不过这只是理论上的次序，因为鼓手是单独坐的，而且所坐的位子高，人人都能看见。另外就是它的体积也要大许多。如果它一发威的话，全场到最后一排都能听得清清楚楚。然后每个人都会说：听，这是定音鼓！可是我们低音提琴拉出来就没人会说这是低音提琴声。因为低音提琴手是埋没在乐队其他乐手之中的，是与其他乐队成员坐在一起的。所以说鼓的地位实际上还是在低音提琴之上。尽管从严格意义上说只有四个音调的定音鼓根本算不上什么乐器，但它却可以单独演奏，比方说贝多芬的《第五钢琴协奏曲》的最后一个乐章就有定音鼓显身手的地方。此时大家的目光都从钢琴师身上集中到了鼓的身上。而且是在一个比较大的房子里，面对一千二百到一千五百个观众，说实话，就是整个演出旺季也没这么多人注视过我。

您不要认为，我妒忌别人。对我来说妒忌是一种陌生的感觉，因为我有自知之明。但是我有正义感，在音乐这个行当里有一些极不合理的现象。独奏者往往博得满场喝彩，今天要是不让观众鼓掌的话，他们会把这视为对他们的一种惩罚。喝彩声是冲着总指挥而来的，他起码有两次机会与管弦乐队的队长握手，有时还会出现全体乐队成员起立谢幕的情况……——而低音提琴演奏者甚至连体体面面地站起来谢幕都不可能——对不起，请原谅我用了这样的表达——低音提琴手从哪方面来说都一钱不值。

片段五

提琴手　知道吗，听她唱歌时，人们简直不相信她能有这么好的歌喉，尽管到现在为止她演唱的只是一些小角色——如《帕西发尔》中的第二个卖花女《阿依达》中神庙里的歌女、《蝴蝶夫人》中的教母等等。但当她演唱的时候，我十分注意倾听她的歌声，告诉您，真的，我心里头沉甸甸的，这是我的真心话。可她却和某位不知从哪来的歌星到某个鲜鱼馆去品尝海鲜或法国的鱼汤。而那个爱她的男人，却只能站在那隔音的房间里痴心地想她，与他做伴的只能是他手中那把奇形怪状的乐器，而这种乐器，连她唱的哪怕是任何一个音都伴奏不了！

您知道我需要什么吗？我总是想要一位可望而不可即的女人，然而，像她这样我一点边也沾不上的女人，我又不想要。

有一次，我硬着头皮参加《阿里阿德涅》的彩排，当时她唱出的是回声，不多，就几个小节。导演也仅仅有一次把她推到了前台。假如她不是死盯着音乐总监而是朝我这边看的话，那她是可以看到我的。……当时我想，如果我做点什么来引起她的注意，比方说把提琴碰倒或是用弓戳到前面的大提琴上；要不就干脆故意明显地拉错——如在演《阿里阿德涅》的时候，这样人们也许听得出来，因为我们只有两把低音提琴……

不过我最终还是放弃了这种想法，凡事都是说着容易做起来难。您是不知道我们音乐总监的脾气，他是那种错了一个音都会感觉受到侮辱的人。因此我想要以拉错音来与她拉上关系的想法也是十分幼稚的。……想象一下，如果您在乐队和同事们一起演奏时，突然故意地拉错……——这事我干不出来，因为无论在哪儿，我都是一个过分诚实的音乐人，我想，如果为了让她注意到你，你就故意拉错的话，那还是让她没有注意到你故意拉错为好。瞧，本人就是这样。

片段六

提琴手　而我却永远不会下岗。我想拉就拉，不想拉就不拉，却不必担心下课走人。您也许会说，这恰恰是我的风险，可多少年来一直如此，乐团的团员捧的都是铁饭碗，今天拿的是国家的薪水，两百年前则吃的是皇上的俸禄。不过当时至少那些帝王将相还会与世长辞，那样的话从理论上说宫廷乐队就有可能解散，可在今天就不一样了，绝不可能，无论这世界上发生什么事都不可能！哪怕是在打仗——我从年长的同事那得知，当时炸弹狂轰滥炸，一切毁于一旦，城市化为瓦砾和灰烬，歌剧院成了火海，而在地下室里，国立乐团却每天上午九点整整整齐齐地坐在那儿排练节目。真是无可奈何！当然，我可以辞职，这没问题！我可以去说，我不干了。但这样的事很少发生，没几个人这样干过。当然我可以这样干,这也是合法的。那样的话我就自由了,……可然后呢!? 然后我又干什么呢? 那我就只好流落街头了……

真是没辙了。

非此即彼……

(他打住话头,平定了一下自己的情绪,接下的说话声如同耳语。)

……而且,我就在今晚要把演出搞砸,大喊萨拉的名字,那将会是何等的风光和露脸。而且是当着州长的面,她荣誉倍增,我解甲归田。这样的事过去还从来没有发生过。发自低音提琴手的高喊,没准会引起一片惊慌,或者我会挨州长保镖的枪子儿,因为他不小心作出了一个思想短路的反应。或者他一时没留神直接打死了客座指挥,反正总会生出点事来。我的生活也将随之发生巨大的变化。这将会成为我人生中的一次重大转折。就算我这样做并没得到萨拉,她也会因此永远记住我的。我会成为她人生历程及至她生命中的一段永恒的轶事。那样的话,这一喊还是值得的。那我也可以走人……不干了,像个剧院经理那样……

(他坐下来,又喝了一大口啤酒。)

也许我真的会这样干。我这就去,就这样插进去,发出那声大喊……先生们! ——另一种选择就是搞室内乐,循规蹈矩,勤学苦练,任劳任怨,先混上乙级乐团的首席,再跻身小的室内乐队,接着加入八重奏的行列,灌唱片,为人诚信,处事灵活点,然后出点小名,但谦虚谨慎,绝不张扬,慢慢磨炼到能拉《鳟鱼》五重奏。

——摘自[德]帕特里克·聚斯金德(Patrick Süskind)著,黄克琴、宋健飞译:《低音提琴》,上海译文出版社2006年版

参考文献

专著类

1. [英]彼得·布鲁克:《敞开的门》,新星出版社2007年版。

2. [苏]鲍·阿尔佩尔斯等编,孙德馨译:《俄罗斯名家论演技》,中国戏剧出版社1985年版。

3. [美]贝拉·依特金:《表演学——准备、排练、演出》,华夏出版社2000年版。

4. 杜思慧:《单人表演》,黑眼睛文化事业有限公司2008年版。

5. 达里奥·福著、吕同六主编:《达里奥·福戏剧作品集》,译林出版社1998年版。

6. [德]恩斯特·卡西尔:《人论》,上海译文出版社1985年版。

7. 何雁:《〈最后的瞬间〉教学说明》,中国戏剧出版2006年版。

8. 梁伯龙、李月:《戏剧表演基础》,文化艺术出版社2004年版。

9. [英]盖文·巴特:《批评之后——对艺术和表演的新回应》,凤凰出版社传媒集团、江苏美术出版社2009年版。

10. 胡导:《戏剧表演学——论斯氏演剧学说在我国的实践与发展》,中国戏剧出版社2002年版。

11. 梁艳丽:《20世纪西方探索剧场理论研究》,上海三联书店2009年版。

12. 罗伯特·科恩著、费春芳译:《〈戏剧〉第六版》,世纪出版集团、上海书店出版社 2006 年版。

13. 梅绍武：《我的父亲梅兰芳》，百花文艺出版社 2004 年版。

14. 林洪桐：《表演分析手册——多米诺·跳棋·围棋》，中国电影出版社 2007 年 1 月第 1 版。

15. 敏言编译：《文学创作手册》，中国国际广播出版社 2003 年版。

16. 齐如山：《梅兰芳游美记》，岳麓书社 1985 年版。

17. ［苏］斯坦尼斯拉夫斯基：《斯坦尼斯拉夫斯基全集》，中国电影出版社 1985 年版。

18. 吴光耀：《西方演剧史论稿》，中国戏剧出版社 2002 年版。

19. 王晓鹰：《从假定性到诗化意象》，中国戏剧出版社 2006 年版。

20. 王晓鹰：《戏剧演出中的假定性》，中国戏剧出版社 1995 年版。

21. 徐卫宏主编：《表演片段教程》，中国戏剧出版社 2006 年版。

22. 竹内敏雄主编、池学镇译：《美学百科辞典》，1987 年版。

23. 赵燕侠：《我的舞台艺术》，长江文艺出版社 1983 年版。

24. 《中国大百科全书·戏剧卷》，中国大百科全书出版社 1992 年版。

25. 朱智贤主编：《心理学大辞典》，北京师范大学出版社 1989 年版。

26. 李宝群：《李宝群剧作选》，中国出版集团 2013 年版。

27. 许自强：《论"京味小说派"与老舍》，载《北京老舍文艺基金会年鉴》，北京十月文艺出版社 2005 年版。

28. 李宝群：《从梦想到现实——李宝群戏剧随想集》，中国戏剧出版社 2016 年版。

29. 老舍：《出口成章·论文学语言及其他·增编本》，辽宁人民出版社 2016 年版。

30. 顾春芳：《戏剧学导论》，北京大学出版社 2014 年版。

31.［法］安托南·阿尔托著、桂裕芳译:《残酷戏剧——戏剧及其重影》,中国戏剧出版社 1993 年版。

32. 罗伯特·麦基著、周铁东译:《故事——材质结构风格和银幕剧作的原理》,天津人民出版社 2017 年版。

33. 周豹娣编著:《独幕剧名著选读》,上海书店出版社 2011 年版。

34. 帕特里克·聚斯金德著、黄克琴、宋健飞译:《低音提琴》,上海译文出版社 2003 年版。

35. 汪兆骞编著:《文学即人学:诺贝尔文学奖百年群星闪耀时》第 20 章,中国现代出版社 2018 年版。

36. 老舍:《出口成章·论文学语言及其他·增编本》,辽宁人民出版社 2016 年版。

37. 许自强:《论"京味小说派"与老舍》,载《北京老舍文艺基金会年鉴》,北京十月文艺出版社 2005 年版。

期刊类

1. 范益松:《单人剧和无对象交流》,《戏剧艺术》2005 年第 6 期。

2. 刘美华:《眼睛、语言、心灵的窗户、思想的通途——〈勾魂唢呐〉表演体会》,《中国戏剧》1997 年第 5 期。

3. 朱寿桐:《戏剧的回归——96 中国戏剧交流会剧目展评》,《艺术百家》1996 年第 4 期。

4. 周星:《略论 90 年代中国话剧的走向与问题》,《戏剧文学》1998 年第 11 期。

5. 杨砚耕:《只有一个角色的大戏——观〈勾魂唢呐〉》,《中国戏剧》

1995年第11期。

6. 温儒敏:《论老舍创作的文学史地位》,《中国文化研究》1998年第1期。

7. 赵园:《老舍——北京市民社会的表现者与批判者》,《文学评论》1982年第2期。

8. 张建珍:《历史书写与个人记忆之间的裂痕——读解〈我这一辈子〉》,《电影艺术》1999年第6期。

9. 老舍:《我这一辈子:老舍中短篇小说选》,人民文学出版社2017年版。

10. 杜思亮:《话剧〈乡村往事〉的音响设计》,《演艺科技》2016年第7期。

11. 李宝群:《爷爷——〈乡村往事〉创作谈》,《新世纪剧坛》2014年第4期。

12. 李宝群:《乡村往事》,《剧本》2013年第4期。

13. 崔延:《中戏参加戏剧奥林匹克——独角戏〈乡村往事〉将演》,搜狐新闻2014年。

14. 宋宝珍:《用笑容反抗悲情:评独角戏〈花心小丑〉》,《中国戏剧》2015年第3期。

15. 冯俐:《木又寸》,《剧本》2015年第12期。

16. 冯俐:《生命的沧海桑田,〈木又寸〉创作谈》,《剧本》2015年第12期。

17. 高扬:《开辟新的儿童剧境界观中国儿艺的〈木又寸〉》,《中国戏剧》2018年第7期。

18. 宋敏:《新世纪以来中国儿童戏剧研究概述》,《当代戏剧》2018年第

1期。

19.乔雁冰:《〈木又寸〉:挑战儿童剧的新高度》,《中国艺术报》2015年6月26日第4版。

20.谷海慧:《寂寞与热闹——从〈小话西游〉说独角戏》,《戏剧文学》2009年第1期。

21.姜山秀:《戏剧何以推进——论耶利内克的独角戏》,《戏剧文学》2013年第10期。

22.王作伟:《"演戏"的录音带——〈克拉普的最后一盘录音带〉戏剧要素的另一种呈现方式》,《当代戏剧》2018年第1期。

23.张琳:《〈克拉普的最后一盘录音带〉中的技术异化》,《外国文学研究》2014年第6期。

24.沈雁:《贝克特戏剧的男女声二重唱——论〈克拉普的最后一盘录音带〉和〈快乐的日子〉》,《外国文学评论》2007年第8期。

25.孙桂荣:《菲勒斯的性别化表述》,《文艺争鸣》2008年第10期。

26.冉东平:《论达里奥·福的狂欢化戏剧》,《外国文学研究》2005年第4期。

27.郭富民:《达里奥·福同志和我们在一起》,《中国戏剧》1998年第12期。

28.王昶:《达里奥·福创作活动年表》,《世界文学》1998年第4期。

29.李欣蔓:《原创音乐剧中的创作问题——以实验音乐剧〈最后的瞬间〉为例》,《大舞台》2013年第9期。

30.刘振艳:《形象种子的培育与生成——话剧〈最后的瞬间〉导演构思浅谈》,《戏剧之家》2015年第9期(上)。

31.艾晓明:《孤寂的戏剧——聚斯金德的文学世界》,《中山大学学报》

（社会科学版）1999年第5期。

32. 苏鑫：《一个人的戏剧——析聚斯金德的独幕剧〈低音大提琴〉》，《巢湖学院学报》2007年第2期。

33. 刘雅倩、郭福平：《聚斯金德作品的后现代特点及其体现意义》，《现代语文》（学术综合版）2017年第16期。

34. 次晓芳：《存在的孤独与荒谬》，《郑州航空工业学院学报》（社会科学版）2010年第5期。

35. 马兰：《浓缩的真实有感于魏宗万的独角戏〈单间浴室〉》，《中国戏剧》1989年第4期。

36. 荣广润：《一个人的世界也精彩——评话剧〈大西洋电话〉》，《上海戏剧》1993年第2期。

37. 梦珂：《第二层皮肤——观东伦敦斯特拉福皇家剧院独角戏〈谁的纱丽〉》，《上海戏剧》2017年第2期。

38. 章丹丹：《黄湘丽的女性独角戏》，《上海戏剧》2018年第4期。

39. 黎力：《你好，忧愁不太忧愁——独角戏〈你好，忧愁〉观后》，《上海戏剧》2016年第2期。

40. 冯俐：《青春艺术生命——观栗原小卷演出〈松井须磨子〉有感》，《上海戏剧》2016年第10期。

41. 章丹丹：《黄湘丽的女性独角戏》，《上海戏剧》2018年第4期。

42. 张兰阁：《活泼的、原始的、自然的、生命的芬芳哪里去了？——对〈一个女人或疯掉的历史〉的解读与评价》，《戏剧文学》2015年第1期。

43. 吴戈：《华文戏剧节与民族戏剧生命力》，《云南艺术学院学报》2004年第4期。

44. 黄莉莉：《灵性诗心一体裁——刘喜廷导演艺术欣赏》，《新世纪剧坛》

2018年第2期。

45. 冯俐:《在实践中思考儿童戏剧的创作——以中国儿童艺术剧院近五年作品为例》,《戏剧》2018年第5期。

46. 文铮:《达里奥·福与他的〈滑稽神秘剧〉》,《外国文学》1998年第1期。

47. 孙建业《勾魂唢呐》,《戏剧》1995年第12期。

48. 赵明环:《一个女人或疯掉的历史》,《戏剧文学》2005年第1期。

49. 萨缪尔·巴克利·贝克特著,舒笑梅译,《克拉普的最后一盘录音带》,《国外文学》1992年第4期。

报纸类

1. 许波:《轻松诙谐中蕴含隽永深刻》,《中国艺术报》2019年第2期。
2. 樊果:《〈C〉融汇多种声音的独角戏》,《中国文化报》2017年第7期。

学位论文类

1. 薛慧娜:《论八九十年代文学中的"鬼话"叙事》,安徽师范大学硕士学位论文。

2. 何真:《论达里奥·福喜剧的特点》,上海戏剧学院硕士论文。

3. 费宇:《论单人剧中的交流——〈最后的瞬间〉导演创作笔记》,安徽大学硕士学位论文。

4. 徐家骏:《阿里斯托芬与达里奥·福的异同比较》,吉林艺术学院硕士学位论文。

外文文献类

1. Doulis, Thomas. "Loula Anagnostaki and the New Theater of Greece." *Chicago Review*, Vol. 21, No. 2, 1969.

2. Pefanis, "The Greek Emigrant Experience between 1945 and 1980 in the Plays of Petros Markaris and Loula Anagnostaki", *George P.Journal of Modern Greek Studies*, 增刊 *Modern Greek Theater; Baltimore*, Vol. 25, 2007.

3. Sakellaridou, "Levels of Victimization in the Plays of Loula Anagnostaki", *Elizabeth. Journal of Modern Greek Studies; Baltimore*, Md. Vol. 14, 1996.